MERIAN *live!*

普吉岛
Phuket

（德）Klaudia & Eberhard Homann ◎著
孙妍 ◎译

龍門書局

目录

◀图为濒临灭绝物种保护园区里的长臂猿（▶P.19）。

玩转普吉岛 35

北部和西部海岸

徒步与郊游 87

普吉镇及周边地区

南部和东部海岸

普吉岛指南 95

地图

文章中出现的坐标请参阅地图

欢迎来到普吉岛

金色的沙滩，清澈的海水，美丽的日落，还有丰富多彩的娱乐活动在这里迎接着你的到来！

位于泰国南部的普吉岛能满足人们长久以来对热带天堂的所有幻想。“南部的璀璨明珠”和“安达曼海（Anda manensee）的珍宝”都是这座小岛的别名。每年都有成千上万的游客渴望来此度假，享受这里的宁静安详。

天堂中的愉悦

喜欢沙滩的人可以在普吉岛享受绵延的白色沙滩，如水晶般透彻的海水，还有那棕榈树下的阴凉。普吉岛同样是水上运动爱好者的乐园，游客可以在这里体验冲浪、帆船、快艇或是驾驶水上摩托驰骋在安达曼海上所带来的快感。除了水上运动，游客还可以探秘水下世界，与海洋生物亲密接触。自然爱好者可以在公园、农场或是深受欢迎的考帕泰奥国家公园（Khao Phra Thaeo National Park）的热带雨林园区中发现种类繁多的热带动植物，尤其在那些降水量充沛的地方，人们还可以见到很多热带独有的动物物种。陆地运动爱好者也能在这里找到他们钟情的运动：不管是高尔夫、网球、骑马（或是

◀ “Wai”是泰国传统的问候方式，这种问候方式不仅仪态端庄，而且还显得彬彬有礼。

骑象），还是蹦极、攀岩等。在普吉岛上的奇妙感受用泰语中的“sanuk”一词来概括再合适不过了，意思为“美妙，快乐”或是“生活的乐趣”。在这座小岛上度假生活的乐趣无处不在，海滩边上的酒吧、迪厅，还有十分“著名”的Go-Go Bar不计其数。这种通宵达旦的夜生活正是人们纵情生活的最好诠释。

僧侣与神明

在享受这些现代娱乐活动的同时，人们可能会认为，在这里鲜有机会了解传统艺术与文化，但事实却恰恰相反，文化总是和宗教文明有千丝万缕的联系。普吉岛上的宗教（更确切地说是各种信仰）是人们日常生活中不可或缺的一部分。在这里你不仅能看到佛教的庙宇、穆斯林的清真寺，还可以一睹天主教的教堂。宗教的建筑通常都很不起眼，甚至被灌木所遮盖——就像奈洋海滩（Nai Yang Beach）上的清真寺。但也有一些被修筑得很宏伟壮观，如访客众多的查龙寺（Wat Chalong Tempel）。

僧侣的身影在普吉岛上随处可见，他们不仅生活在寺庙中（泰语中称为“Wat”），还出现在日常生活中的各个角落。因此，当你在一群人中看到亮橙色的僧袍时不要感到惊讶，这可不是什么稀罕事。僧侣在泰国社会中的地位是很高的，他们一直都受人尊重。僧侣们非常热情，喜欢与人交谈，这种谈话在泰语中称为“farang”，当然僧人们都是和那些开明、有礼貌并且友好的游客交谈。更多详情请参阅后面的章节“微笑的国度”。

宗教在泰国人的日常生活中占据很重要的位置，这不光体现在恢弘的寺庙建筑上，还可以从酒店的一些设施中看出其重要性。在普吉岛上的任何角落都或多或少的有一些引人注目的建筑，并且那里供奉着祭祀的贡品和香火。这种小庙（泰语中称为“San Phra Phum”）给鬼神提供容身之所，这样他们就不会去打扰在度假中的游客了。

Wai——泰国传统的问候方式

在泰国人们不光敬奉神灵，同时也很尊敬他人。“Wai”这种传统的问候方式将泰国人的谦逊体现得淋漓尽致。当两个地位相当的人互相问候时，会将双手合十，举至胸前，同时保持头部直立；当向地位尊贵的人问候时，会将双手合十后最高举至额头处，同时还要低头。这个动作游客可以先自己练习一下，到时就不会出错。当然这个动作是一定要配以微笑的，这同样也是Sanuk的一种体现。

7

MERIAN十大必看精华景点

MERIAN向你展示这个岛屿的精华景点：这些都是普吉岛之行中的经典，绝对不要错过。

1 考帕泰奥国家公园

这里有世界上保护最完好的热带雨林区，壮美的瀑布也是不容错过的景点（▶ P.20）。

2 泼水节

SongKran

这是一个全民出动的节日，泼水是其中一项必不可少的宗教仪式（▶ P.25）。

3 邦道海滩

Bang Tao Beach

这里是小岛最美的海湾，最棒的酒店就坐落于此（▶ P.29，43）。

4 苏林海滩

Surin Beach

一处安静的海滩，渐渐向北与Pansea海滩相接（▶ P.29，48）。

5 攀瓦角的普吉岛水族馆

Phuket Aquarium，Laem Panwa

在这里不用担心全身被弄湿，就能亲身体验生动逼真的热带珊瑚（▶ P.33）。

6 芭东的塔威旺路

Taweewong Road，Patong

每晚这条街道都会变成一个喧闹的大集市（▶ P.49，53）。

7 蓬贴海岬
Laem Promthep
闪烁的红日余晖最终隐没在了海平面上——这样的日落美景每晚都在普吉岛最南部的岬角上演（▶ P.66）。

8 拉查岛
Ko Raya
乘船出游去天堂般的海滨，在那你绝对不能错过一次潜水之旅（▶ P.75）。

9 查龙寺
Wat Chalong
到处都是叩拜的信徒，贴有金箔的塑像和缭绕的香火（▶ P.75）。

10 攀牙湾
Ao Phang Nga
茂密的红树林，高耸的石灰岩山崖造就了这里无与伦比的海湾美景（▶ P.90）。

1

MERIAN小贴士

MERIAN带你深入挖掘普吉岛的精彩：亲临小岛，发现并体验最纯正的当地生活。

1 Pansea海滩的安曼普里度假村
Amanpuri Resort，Pansea Beach
如果你想体验明星般的住宿环境，来到宁静的Pansea海滩会是不错的选择（▶P.13）。

2 普吉镇素食节
Vegetarisches Festival，Phuket Town
普吉镇素食节上的表演时而充满异域风情，时而滑稽怪诞（▶P.25）。

3 小卡塔的骑象旅行
Elefarten-Trekking，Kata Noi
一次与众不同的骑行体验：不是骑马，而是在大象背上欣赏沿途风景（▶P.27）。

4 在邦道体验茶馆
Teehausbesuch，Bang Tao
在参拜清真寺之后，你可以像穆斯林人那样走进一家茶馆静静地享受茶水和甜饭（▶P.42）。

5 邦道的安达曼贸易中心
Andaman Trade Center，BangTao
在这里你可以买到普吉岛自产的珍珠或其他饰品（▶P.44）。

6 邦道海滩的普吉岛环行骑马俱乐部
Rhuket Laguna Riding Club，Bang Tao
以不一样的角度感受小岛的秀美风光（▶P.45）。

7 苏林海滩上的柠檬草餐厅
Restaurart Lemongrass, Surin Beach
这里有改良后的传统泰式菜肴，适合欧洲人的口味（▶P.49）。

8 Restaurant Kajok-See
在美食界享有盛誉的Kajok-See饭店，值得你前去尝试（▶P.80）。

9 普吉镇的腰果生产厂
Cashewnuss-Fabriken, Phuket Town
在这里你可以了解普吉岛自产坚果的收获和加工过程（▶P.83）。

10 兰轩海港
Laem Hin Harbour
这里有众多移动着的“饭店”，人们在此可以享受到新鲜且货真价实的海鲜美味。（▶P.84）。

位于小卡塔海滩的普吉岛卡他泰尼海滩度假村（Katathani Phuket Beach Resort）（▶P.19）享有“环境最佳”的美誉，在这里你将欣赏到醉人的美景。

普吉岛资讯

配有独立泳池的高级度假村，货真价实的美味餐馆，丰富多彩的夜生活，还有天堂般的购物感受——普吉岛一年四季都欢迎你来做客。

住宿

无论是高级宾馆中的奢华感受还是棕榈叶搭成的小茅屋中的简单体验，这里总有合适的价位能够满足你的要求。

◀位于Pansea海滩的安曼普里度假村（▶MERIAN小贴士，P.13），其服务人员似乎通过眼神就能看出游客的需求。

在普吉岛最实惠的住处就是那种简易平房，它们一般是用木头或竹子搭建而成，房顶用白铁皮或棕榈枝叶覆盖。房间里除了一张大床外（两个人足够），一般就只有几把椅子、一张桌子，可能还有个柜子和一台电风扇。住处会提供蚊帐，不过要在使用之前检查一下有没有破洞，最好是能带上自己准备的蚊帐。厕所和浴室基本都是中等标准的，但也有条件比较差的地方，如果连这样的标准也达不到，住起来也就没那么舒服了。

不同的价格有不同的住宿感受

旅馆和度假村能提供更好的住宿服务。普吉镇上价格便宜的住处条件也只能比海滩边上的简易平房好点，至少每间房间配有一台空调。海滩边的酒店标准视价格而定，大多数房间都布置得富有情调，配备基本设施如空调、独立浴室，电视和电话。一般这样的住处都会有自己的游泳池，另外还会有一个水上运动中心或健身中心。

在那些价格低廉的住处，费用中一般都包含了一顿简单的早餐，而与之对比的是大型酒店提供的豪华丰富的自助餐，这些规模宏大的自助餐都是物有所值。当然你如果不想吃这么多且这么贵的话，也可以自己点餐，比如来一份“欧洲大陆式早餐”（包括咖啡、面包、配黄油和果酱）。

无论什么样的住处，临时预订的话都会很贵。当前的房间价格也只是你讨价还价的基础，一般不会有很大的变动。不管在何地，不出什么意外情况的话，酒店住宿总是会有一定折扣的。

高级私人客房或别墅需要预订几周或几个月的，首先游客要确保租住的地方环境良好，也就是说你最好到要预订的酒店视察后再订房间。

NERIAN小贴士 

安曼普里度假村
AMANPURI RESORT

▶P.43，a2

这座位于Pansea海滩的高级度假村小巧精致，总共有40间传统泰式风格的平房，在这里每位房客都会有一名专属的服务人员随时恭候。另外，你还可以在这里尝试各种运动。

Pansea Beach；☎076/32 43 33；www.amanresorts.com；40栋平房

其他推荐的酒店和住处信息详见▶玩转普吉岛

标准间价格（含早餐）：

€€€€ 4000泰铢起　€€ 1000泰铢起
€€€ 2500泰铢　€1000泰铢以下

餐饮

新鲜的蔬菜和多样的香料造就了泰式料理精细浓郁的口感，也使得泰式料理成为世界美食中的经典。

◀ 为游客奉上的不仅有新鲜的椰汁，还有一个热情的笑脸。

几乎到这里的每位游客，最晚在吃过第一顿饭之后就会无例外地都会发现：普吉岛令人惊奇的不光包括鳞次栉比的寺庙、棕榈树成排的优美沙滩、带有民俗风情和传统特色的鲜艳服装，还包括多种多样，口味丰富的美食。

品种繁多的异域水果

像很多热带地区一样，普吉岛也盛产各式各样的热带水果：香蕉、芒果、凤梨、木瓜、榴莲、红毛丹等，一应俱全。你可以直接清洗干净享用整个果实，或者把它们切成形状各异的水果丁，淋上香甜浓郁的沙拉酱，在饭后或是下午茶时间悠然享用，还可以将它们现榨成果汁，清爽美味又方便。在集市上与商贩讨教，便能学到很多实用的生活小常识，例如，如何打开那些你不熟悉的水果（比如如何敲开红毛丹那多毛的果壳），然后静静地享受美味，但可不要被这些琳琅满目的热带水果搞得不知所措哦！

小心辣

在泰式料理的烹饪过程中很少用到油脂。新鲜的蔬菜和刚刚捕获的鱼（pla）或是其他肉菜一般搭配着米饭（khao）或者面条（mee）供应。这种菜式一般叫做咖喱饭（kaeng）。烹饪过程中要用到多种的香料，首先就是咖喱，而且要放很多。这对于很多人来说，口味上可能比较难适应，因为咖喱不仅味重而且辣，有时甚至会辣到出汗。不过，对于那些喜爱吃辣的游客来说，这不失为一大挑战。这来自异国他乡的"辣"或许有另一番风味。

为了中和辣，厨师经常会在烹制菜肴的时候加入一些椰奶，或是辣菜搭配着椰奶一起供应，但许多游客的经验表明，缓解辣味的效果并不明显。

随处可见的调味料"nam plaa"，在泰式料理中经常代替盐来使用。它是用不同的香料配合发酵的鱼调制而成的。螯虾、小虾（goong）、墨鱼（plamueg）和各种蟹都能在菜单上的海鲜菜肴一栏中找到，它们一般都被养在饭店门口的大玻璃缸中，这样食客就能随时享用最新鲜的食材了。

各地美味汇聚一堂

正如普吉岛的游客来自五湖四海一样，这里的菜肴也是汇聚了世界各地的美味。这里有维也纳小肉排、卡塞尔熏腌肉、酸黄瓜、比萨、肉酱面还有羊角面包，汉堡包以及墨西哥卷饼和玉米饼。

亚洲美食有来自马来西亚的美味肉串（saté）配糯米饭。除此之外还有来自中国的美味，其中有名的是糖醋里脊、糖醋鱼、燕窝和鱼翅汤。

饮料、茶、咖啡、瓶装水在这里到处都可以买到，在一些大型的旅游聚集地，啤酒的消耗量巨大。虽然这里有进口的品牌酒，但人们更喜欢喝当地牌子的酒水，如“singha”和“kloster”。葡萄酒绝大多数都产自加利福尼亚和澳大利亚，很少有欧洲品牌的红酒。

小心“maehkong”

泰国当地的酒叫做“maehkong”，经常被人们比做威士忌，但其实与威士忌一点关系都没有。泰国的这种酒是用大米酿制而成的。尽管这种酒的酒精浓度只有25%，但它还是有能力让你一天都陷入昏昏沉沉的状态。

小摊和饭馆

刀叉一般只能在西餐厅中见到。泰国人本来是用手直接吃饭的，但现在勺子（右手）和叉子（左手）已经被广泛使用了。

在街边小摊上最容易找到好吃的，但需要你有探险精神，因为这里没有菜单。你需要亲眼看看锅里卖的到底是什么，要是有本地人在那吃的话（当然吃的人越多越好），味道应该就有保障，而且也从另一侧面说明食物很有当地风味，但是这些移动小餐车的卫生状况令人堪忧。除此之外，在夜市或市集上也能找到更多好吃的东西。

点餐经验

如果来到这还只吃本土食物，那还来泰国干什么呢？很多有冒险精神，喜欢尝试新鲜事物的人早就问过这个问题。但如果真的想吃，即使有菜单也会被那些陌生的泰文搞糊涂的。

那就只能向服务员简单描述一下这道菜了，这时就又出现一个问题，不是每个泰国人都能听懂或者会说游客祖国的语言，这一点在大型旅游区就能看出来。可有些时候又不能一下子辨别出来，因为在亚洲，人们都很热情，所以即使没太听懂外国游客的要求，也会努力去做，争取准确上菜的良好服务。但是这种热情周到的服务有时会适得其反，非但不能为游客提供方便，反而会影响游客，有时甚至会给游带来麻烦。

这种语言障碍在那些有英文菜单的餐馆仍然存在。有些游客自认为很聪明地先阅读英文菜单，选出要吃的菜再到泰文部分找出相应的菜名，然后指给服务员看。这里有几点是需要注意的：第一，泰文菜单和英文菜单不完全一样，不一定是一一对应的；第二，泰文的菜名和烹饪方法可能完全不一致；第三，不要总以为服务员总是能听懂你的要求。所

在芭东（▶ P.49）的海滩边有不计其数的餐馆供应刚刚捕获的新鲜海鲜，让游客在美食中难以抉择。

以当你要一道鱼时，上来的有可能就变成了一锅加入大蒜和洋葱煮成的海鲜饭。其实这种语言交流障碍也有它独特的魅力，为这趟异国之旅增添了不少乐趣。尽管交流存在障碍，但没有人会在这里挨饿，因为吃是一种乐趣（sanuk），并且这也是泰国每日生活哲学中很重要的部分。当遇到困境时看看厨房锅里的菜，告诉自己一切都会过去的——“mai pen rai”（没事的）。

其他推荐的酒店和住处信息详见
▶玩转普吉岛

套餐价格：

€€€€ 500泰铢起　€€200泰铢起
€€€ 300泰铢起　€200泰铢以下

绿色出行

那些在家里就很注重环保的人，一定希望在假期里也贯彻自己的环保理念。通过本章“绿色出行”中的推荐，我们希望能够帮助你在假期中同样实现“绿色”的理想。MERIAN指南始终支持那些富有责任感的人群，愿意为人与自然的和谐相处贡献一份力量。

酒店和度假村作为环保先驱

泰国，尤其在普吉岛，由于常年砍伐竹子和破坏热带雨林，环境破坏严重，早已与“环保”无缘。但最近几年普吉岛开始发生转变，大家都意识到保护环境的重要性。岛上的酒店已经开始减少不必要的照明，尝试着节约用水，比如住客的毛巾和床上用品不再每日都更换等，很多细节问题都开始意识到。很多酒店意识到它们的“绿色潜能”，因此荣获了世界旅游产业颁发的“绿色地球证书”或是被TUI评为“环境最佳”的称号。

很多潜水学校在环保方面的工作都做得不错，他们邀请游客去观看珊瑚暗礁及海底动植物，去参加一个清洁项目。来自世界各地的志愿者也都很关注长臂猿的保护情况，希望它们能早日被放归自然。

住宿

普吉岛埃维森度假酒店
Evason Phuket & Six Senses SPA

▶P.118，C11

这家酒店位于普吉岛东南部的拉威海滩（Rawai Beach），坐落在一个热带大花园的中央。这里光线充足的房间和优质的服务一定不会让你失望。在这里六感水疗中心可以带给你全身心的放松与享受。这家酒店在减少温室气体排放、节约用水，垃圾分类和循环使用方面做得很好，并因此获得了世界旅游产业颁发的“绿色地球证书”。

Rawai Beach，100 Viset Rd.；☎0 76/38 10 10；www.sixsenses.com/evason-phuket；260间客房；€€€€

普吉岛卡他泰尼海滩度假村
Katathani Phuket Beach Resort

▶P.61，b3

这里每个房间都设施齐全——用木头搭建的房屋具有典型的泰式风格，在充满暖色调的房间里可以看到海边和美丽的花园。这里不光有漂亮的公园，还有泳池，并且提供各种水上运动设施（有自己的潜水学校）。所有的这一切都是一种享受。位于小卡塔海滩的这家酒店由于在环保方面的突出表现于2009年12月被TUI评为“环境最佳”的称号，还被称赞为未来酒店的模板。如此殊荣是通过酒店的不断努力获得的。值得一提的是，这家酒店一直致力于清洁剂的减少使用、工业用水的净化、有机肥料的投入、从厨房废油中提取有机柴油、太阳能加热和从残渣中获取燃气等项目的开发和使用。

Kata Noi Beach，14 Kata Noi Rd.；☎0 76/33 01 24；www.katathani.com；479间客房；€€€

普吉岛悦榕庄
Banyan Tree Phuket

▶P.43，b1

在属于普吉岛悦榕庄的广阔土地上错落有致地分布着150座泰式传统风格的别墅，每座占地170～270平方米。这些私人别墅的花园中都有室外的泳池。这里十分吸引人的一个地方是SPA-Pool-Villen，里面是漂浮着的玻璃卧室，中间还有睡莲池塘。这座奢华的度假村也可称为“环保度假村”。因为这里曾经是一个采锡矿井，现在这块土地被改建成了有着田园风光的大花园。植被得到了有效的保护，废弃的矿井也被很好地改造了。

Bang Tao Beach，33 Moo 4，Srisoonthorn Rd.；☎0 76/32 43 74；www.banyantree.com；150栋别墅；€€€€

活动

长臂猿保护中心
Gibbon Rehabiliation Centre

▶P.117，D5

这座保护中心是靠捐款资助建成的，属于“泰国野生动物救助基金”的一个项目，位于考帕泰奥国家公园附近，旨在帮助被囚禁过的长臂猿适应野外生活并最终将它们放归野外。这些长臂猿大多是被私人囚禁过，后来被解救出来的。小类人猿在这里需要兽医的一直照顾，因为它们很容易感染人类的疾病（如肝炎、麻疹等）。等它们病好了，就可以和其他的长臂猿一起生活了。有意思的是，这些小动物每天都有固定的“上课时间”，为的是让它们明白什么是自由、什么是野外生活，如何去寻觅食物、如何识别和躲避危险。参观者可以跟随保护中心的讲解员进行参观，还可以在一个平台上观看长臂猿。

考帕泰奥国家公园（▶P.20）www.gibbonproject.org；10:00～16:00；$ 免费，希望游客可以给予适当的捐款。

考帕泰奥国家公园 1 Khao Phra Thaeo National Park

▶P.117，D5

Phra-Thaeo山脊位于小岛东北部海拔500米处。20世纪80年代这一片250公顷的地方被列为了自然保护区，目的是为了保住普吉岛上已经为数不多的热带雨林区。现在生态系统的基本原则是：保持物种多样性。当地上很容易长出深绿色的苔藓和蕨类植物时（当然是在日照充足的情况下），高度超过40米且枝叶稀少的树木就会迅速崛起，为了能获取更多的阳光。当地面阳光不足时，植物就会试图从高度上获得生存空间，像附生类的兰科植物就会攀附在高大树木的枝条上。东南亚的热带雨林属于世界上物种最丰富的地方之一（每公顷大约有250个品种）。有些植物品种都没有被分类，只能暂时叫植物学的名字。在公园入口处就可以领到平装版的相关书籍。在这里动物种类也和植物一样繁多。有猴子、长臂猿、猕猴、懒猴等，还有各种各样的鸟，爬行动物和无处不在的昆虫。

周日和周五公园的客流量最大。这里的一大亮点是通塞瀑布（Ton Sai Waterfall）。从公园的信息亭步行出发，上山的路很陡，要是下过雨之后上山的话，一双防滑性能好的鞋是必不可少的。当然你也可以选择在瀑布下冲凉。越早出发就越有机会看到蜥蜴、各种小鸟还有猴子等野生动物。这里的第二瀑布是一个较窄而且不足18米高的瀑布，叫Bang Pae瀑布，不大但水很清凉，能给在热带丛林中行走的人带来凉爽，让人感觉焕然一新，精力充沛。

这座公园有两个门，西面的入口通向公园管理处的信息亭，你可以在这里拿到有关动植物介绍的小册子，还可以在这雇导游。如果选择从东面入口去Bang Pae 瀑布，就可以穿过长臂猿保护中心逛一大圈。

开车走西面入口：在塔朗（Thalang）从Thepkrasattri路转向大约4千米长的甬道，开往公园管理处。这期间要通过很多的橡胶园。跟着“Ton Sai Waterfall”的指示牌前行。

开车走东面入口：在Bang Rong和Pa khlok之间，从4027号大街转向

在可移动的玻璃卧室中过夜，周围还有白色睡莲环绕，这样的奢华享受在邦道海滩的普吉岛悦榕庄度假村（▶P.19）中就能实现。

大约1千米长的甬道。跟着“Bang Pae Waterfall”的指示牌前行。
🕒6:00~18:00；$ 200泰铢

潜水

很多游客来这不光是为了享受沙滩，还有专程为了体验潜水的乐趣。安达曼海有很多优秀的潜水中心，它们有的是建立在离海岸很近的地方，有的则位于坐船很方便就能到达的地方。2004年成立的“Green Fins Thailand”组织致力于泰国珊瑚暗礁的保护。因此，他们一直坚持进行对环境无害的潜水。这期间他们在普吉岛一共建立了18个潜水基地。这些基地允许贴“Green Fins”的标签。他们十分注重潜水者的潜水熟练程度和潜水品行，因为要确保潜水者在水下会轻轻游过珊瑚，悬浮在它们的上面，而不是抓着或践踏珊瑚。潜水教练还关注的一点是，潜水者要和海洋动物保持一定的距离。并且这里的潜水教练引导的一直都是只有几个人的小组下海潜水。

www.greenfins-thailand.org

购物

如果来普吉岛旅行，忽略了五光十色的商品，那么旅行会变成什么样子呢?还等什么?从小木雕到量身定制的西服，这里的商品应有尽有。

◀ 谁想要买到这样一尊漂亮的佛像，最好事先了解关税方面的相关法规。

在普吉岛购买纪念品的选择很多，最后只有如何取舍的痛苦。街上不计其数的小店营业时间很长，T恤、背包、沙滩浴巾、太阳镜、玩具、木雕等都能以实惠的价格买到，而且质量不错。

谨防仿冒品

这里仿冒品牌可不少：鳄鱼的开领紧身衫，印着“Hard-Rock-Café”的T恤，紧俏品牌的牛仔裤、劳力士、卡地亚、古驰、百年灵等，还有各大知名品牌的香水。

如果想买些具有泰国特色的旅行纪念品，会遇到一个问题。因为这里出售的银饰产自泰国北部，锡制品一般来自马来西亚的Selangor-Pewter，木雕来自北部或印度尼西亚，帽子上漂亮的小亮片一般也不产自这里，而是缅甸的特产。在这买这些手工制品肯定比在它们的原产地要贵一些，不值得特意带回去了。如果有在泰国购物的计划，那么你一定要去一趟曼谷（▶P.93）。

关于随处可见的宝石和古董买卖要提醒大家，这里鱼龙混杂，既有珍贵的出土文物，也有粗制滥造的仿冒品。如果你打算购买此类商品，请提前打探好各种信息（关于价格）或者找一个内行人一同前去购买。

在众多的展览会上你都可以买到珍珠或是用其做成的珍珠饰品。根据珍珠的品质不同价格也不同，当然展位的地点也是影响珍珠价格的一大因素。在游客集中的大型海滩买东西比在其他地方贵，旅游旺季东西的价格比淡季高。在外旅游要记住：顾客越少，越好砍价。

定制的丝质服装

剪裁手艺和泰丝在泰国很有名，普吉岛将这两样完美地结合了，你可以量身定做衣服。世界闻名的设计师也许可以很快缝制出一件好看的衣服，但在这里，留给裁缝的时间越长，缝制出来的衣服效果就越好（至少24小时）。现在的困扰是如何挑选一名好裁缝。可以咨询有经验的游客或是酒店接待处。

尊重物种保护

请放弃购买动物制品的想法，如爬行动物皮革制品或龟甲等，因为购买会引发更多的杀戮，甚至会导致濒临物种的灭绝。

佛像买卖和上述情形类似，只有佛教徒和泰国有关法律明确表明允许这个佛像运出泰国，才可以带走。走私的话是要被巨额罚款的，因为这些塑像在国外往往被挪为他用。

普吉岛的槚如树坚果是东南亚最好的，可以买些回去。爱吃甜食的朋友可以在这里的集市或是超市买些蜜饯，至少尝尝这儿的菠萝圈。

其他推荐的商店和集市信息详见▶玩转普吉岛

节日庆典

普吉岛的节日庆典很多，在节日里到处都能看见人们穿着闪亮的衣服，听到欢声笑语。庄严的祭祀仪式也是你不能错过的一个精彩部分。

◀ 这是素食节上的一个表演节目：表演者要赤脚在烧红的木炭上奔跑。

二月

佛日
Makha Buja

在寺庙中要供奉“三样祭品”（烛、香、花）来表达对佛及其1250名门徒的敬意。

满月

四月

节基王朝纪念日
Chakri-Tag

这个法定假日是为了纪念节基王朝（Chakri-Dynastie），他的第九代传人就是现在的Bhumibol Adulyadej国王。

4月6日

泼水节 2
Songkran

泼水节是泰国人的新年，人们通过相互泼水来庆祝枯水期的结束。人们之间泼水或互撒彩粉是件很有意思的事情。Saphan Hin地区的庆祝活动特别丰富多彩，在奈洋海滩人们还会放归很多小海龟来安抚神灵。

4月13日

五月

农耕节
Pflugzeremonie

在婆罗门确定日期之后，生牛象征性地首先耕田，这宣布了耕种季节的开始，在曼谷王家田广场（Bangkok Sanam Luang）的庆典活动尤其丰富多彩。

5月初

NERIAN小贴士 2

普吉镇素食节

这个长达九天的素食节是用来纪念他们的保护神，据说保护神是中国的九位皇帝。参与者中首先是华人移民，他们坚持素食主义，并像苦行僧似的严格要求自己。在震耳欲聋的鼓声中他们穿过普吉镇的大街小巷，身上勾着矛，或把针穿在肉里。但他们坚信：保护神的力量可以治愈一切创口。还有人能在烧红的木炭上赤脚跑，这也是靠着神灵的庇护。所以不用担心会受伤！

9月末/10月初

七月/八月

鬼节
Fest der hungrigen Geister

这是一个中国节日，人们认为，这个时候鬼魂会重返人间，所以人们要用祭品来安抚他们。

7月底/8月初

九月/十月

素食节
▶ MERIAN小贴士，P.25

十一月

普吉镇水灯节
Loy Krathong，PhuRet Town

这个灯节是用来纪念水神的。人们将一支点燃的蜡烛放入小纸船中，让纸船随水漂向大海，以此驱走人们的恶念。

满月

运动休闲

普吉岛毫无疑问是一个水上活动乐园，其实深入腹地也有很多活动项目，骑象探险就十分有趣。

◀ 在骑象穿越丛林（▶MERIAN小贴士，P.27）的时候，胆大活泼的游客总是能随时随地地找到乐趣。

喜欢日光浴的人，可以在沙滩上晒出美美的古铜色皮肤；喜欢运动的人可以在这里学习一些入门课程。这里的运动种类多得数不胜数：冲浪、滑水、水上拖伞等，而且岛上游泳高手很多，游客在这里可以随意选择，在海边游泳，到泳池冲凉，或是探秘水下世界。

如果你厌倦了沙滩生活，那么去普吉岛或是周边小岛上的热带雨林徒步与郊游也别有一番情趣。一双结实耐用的鞋，长袖衣服和长裤是必须的，因为在热带雨林中到处都是带刺的藤蔓。把这些令人讨厌的东西抛置脑后，其实在这里你会看到更多令人振奋的东西。例如在考索国家公园（Khao-Sok-Nation alparks）茂密葱郁的原始森林里，藤蔓交错缠绕，兰科植物抽枝吐芽，地上还长着很多苔藓和蕨类植物。

再说说多姿多彩的动物世界：色彩缤纷的小鸟和蝴蝶，不计其数的昆虫和蜘蛛，也许还能看到时而露面的猴子（大多数情况下看到的是龄猴和猕猴）。如果听到树叶簌簌作响，那么一会儿可能就会出现一只蜥蜴或是一条蛇。

保护昆虫的有利措施很大程度上抑制了蚊子的猖獗，至少减少了蚂蝗的出现。

NERIAN小贴士 3

骑象旅行

坐在大象宽厚的背上观赏周围的风景是一种特别的体验，它们慢悠悠地带你穿行于种植园或是森林不平坦的小路上，另有一番趣味。大象很喜欢吃香蕉，如果有谁认为大象身上没有毛的话，那可要当心啦，其实它们身上有突出的刚毛。一个值得推荐的提供骑象旅行服务的地方如下。

KoK Chang Safari

▶ P.61,c3南

Kata Noi，287 Moo2，Kata Sai Yuan Rd.；☎ 0 84/8 41 97 94；www.kokchangsafari.com；8:30～17:30，持续时间为20～60分钟；$ 成人600～1000泰铢，儿童300～500泰铢。

出海钓鱼

远洋出海钓鱼，其中还包括钓鲨鱼，举办这样的活动有如下几个地方。

Wahoo Big Game ▶ P.118，C9

Chalong；☎ 0 76/28 15 10；www.wahoo.ws

Andaman Fishing ▶ P.118，C9

Chalong；☎ 0 76/21 17 52；www.phuket.seafishing.com

蹦极跳

热带丛林蹦极跳 Jungle Bungee Jump

▶ P.118，C8

游客可以在专业人士的指导下从54米的高塔跳下，体验自由落体的感觉。或者是在餐馆外观看勇敢的人们进行蹦极跳。

Kathu District,an der HauptstraBe zwischen patong und Phuket Town；☎ 0 76/32 13 51；11:00～18:00

高尔夫

Blue Canyon Country Club

▶ P.114，B2

Mai Khao，Thepkrassatri Rd.（临近机场）；☎ 0 76/32 80 88；www.bluecanyonclub.com

Laguna Phuket Club

▶ P.116，B6

Choeng Thale，The Laguna，34 Moo 4Thambon；☎ 0 76/27 09 91；www.lagunaphuketgolf.com

LochPalm Golf Club

▶ P.116，C7

Kathu，38 moo 5，Vichit Songkhram Rd；☎ 076/32 19 33；www.lochpalm.com

划独木舟

John Gray's Sea Canoe

考察岩洞，遨游湖面，体验真正的大自然。

Phuket，P.O. Box 276；☎ 0 76/25 45 05；www.johngray-seacanoe.com

开摩托艇

Boat Lagoon

▶ P.117，D8

Phuket Town，22/1 Thepkrassatri Rd.；☎ 0 76/23 85 33

郊游

Phuket ATV Tours

▶ P.117，D6

在大自然中一到两个小时的体验之旅，可以电话预订，有酒店接送服务。

Muang，20/31-2 Moo2，Koh-Kaew；☎ 0 76/23 97 17；www.atvphuket.com

South Orchid Co.

▶ 封三，a/b2

这是一家德国人开的旅行社，提供小岛一日游，还有去附近国家公园的几日游，最新推出的是去缅甸的数日游。

普吉镇，63/247 Chao Fa Rd；☎ 0 76/24 82 19；www.nature-travel.org

骑马

不管是初学者还是有经验的骑马者都可以在马鞍上体验沙滩上和种植园里别样的风景。

普吉岛环行骑马俱乐部 Phuket Laguna Riding Club

▶ MERIAN小贴士，P.45

潜水

在海滩边到处都是国际潜水的招牌。游客可以根据不同情况定制不同长度的课程。好的潜水学校不光要有值得信任的教练、完善的装备，更重要的是要知道如何保护脆弱的海下世界。

Calypso Divers

▶ P.61，b1

说德语的潜水学校，提供良好的培训和出游服务。

Kata Beach，Kata Centre，84 Taina Rd.；☎ 0 76/33 08 69；www.calypsophuket.com

Dive Asia

▶ P.61，b1

提供很好的多日出行服务。

Kata Beach，24 Karon Rd.；☎ 0 76/33 05 98；www.diveasia.com

Santana Diving Centre

▶ P.53，b3

有说德语的教练。

Patong，49 Thaweewong Rd.；☎ 0 76/29 42 20；www.santanaphuket.com

Scuba Cat Diving

▶ P.53，b3

有很棒的Liveaboard（船宿潜水）项目。

Patong，94 Thaweewong Rd.；☎ 0 76/29 31 20；www.scubacat.com

See Bees Diving ▶ P.118，C10

Chalong，1/3 Viset Rd.；☎ 076/38 17 65；www.sea-bees.com

水下船宿

船宿潜水
Liveaboards

潜水爱好者希望能在海上多待几天，住在一艘船上，这样不论白天黑夜都可以潜水了。提供这种服务的地方也各有不同，从豪华游艇到改造过的小渔船。其中服务不错的有：Scuba Cat（www.scuba-cat.com）和See Bees Diving（www.seabees.com）。还有更多选择可以在www. idaphuket.de上查询。

沙滩

邦道海滩 3
Bang Tao Beach ▶ P.116，B6

在这片小岛西部的海滩上有很多豪华酒店。

查龙海滩
Chalong Beach ▶ P.118，C10

在普吉岛东南部的海湾处有很多渔船停靠在岸堤或是海岸附近。落潮的时候，海水会退下去很远。

卡伦海滩
Karon Beach ▶ P.118，B9/10

这条长达几千米的沙滩有足够大的空间供人们游玩。

卡塔海滩
Kata Yai Beach ▶ P.118，B10

这片沙滩有完备的设施且环境宁静安逸，向南就转入了小卡塔海滩。不过这个海湾被少数几个酒店所垄断。

攀瓦角
Laem Panwa ▶ P.119，E10

这里的沙滩区域很窄，所以吸引的游客不多，因此这里的环境特别的安静。

迈拷海滩
Mai Khao Beach ▶ P.114，B2

这片最北边的沙滩对于一日游的游客来说绝对值得一去。可以在这片人迹罕至的白色细沙滩上享受绝对的宁静。

你知道吗？

小岛北部的迈拷海滩是普吉岛最长的海滩。这条长于10千米的沙滩还没有被完全开发，值得去看一看。

奈汉海滩
Nai Harn Beach ▶ P.118，B11

美丽的海湾，经常有豪华游艇停靠。

芭东海滩
Patong Beach ▶ P.116，B8

除了阳光、沙滩，大海，还有劲爆的音乐，路边的鸣笛声，大群的游客——对，这就是不一样的芭东。

拉威海滩
Rawai Beach ▶ P.118，C11

安静的海滩，很适合小孩子，遗憾的是这里的海水经常混浊不清。

苏林海滩 4
Surin Beach ▶ P.116，A6

有着田园式的风光，但是此处禁止游泳。

聚焦

魅力潜水：无与伦比的海下世界和丰富的热带物种，使潜水者陶醉在普吉岛的海滨。

在普吉岛有超过40家的潜水基地和学校提供职业潜水或业余爱好潜水服务。

他们的工作都是按照国际标准：PADI、CMAS，也有些是按照NAUI。很多潜水学校都是多语种教学。所以除了最基本的英语课程，你还会发现这里也提供其他语言教授的课程。

在泳池中初试"潜水"

除了在大型旅游聚集地可以享受潜水服务外，一些酒店也在宣传手册上为他们的潜水服务做广告。在池中大多数情况只是（免费的）潜水初体验，但这不能算是真正的潜水，不过可以对潜水有一个基本认识。如果你害怕，那么就要再好好考虑一下这个冒险计划了，尽管潜水很有意思，但也有一定的风险。所以不要因为一时兴起就去潜水，而是要考虑清楚并且为身体做个全面检查，听听医生的建议。如果想要查清楚潜水学校有哪些语种授课，那么就要在旅行之前咨询清楚相关信息。

◀ 普吉岛的潜水基地是全东南亚最妙趣横生的。

终于开始水下探秘之旅了，不管你是初级班里的学生还是经验丰富的潜水达人，最根本的一点就是要保证水下视线的清晰。如果你是在欧洲夏季的时候来这儿旅游，水下的可见度不如10月～次年4月好。当然这段时间你也可以来（好处是：人少，价低）。注意！当大海不平静的时候，水下之旅可就失去乐趣了，还有就是在你身体状态不佳的时候最好不要下水。

海洋生物

训练课期间一般是从沙滩直接到海里进行潜水，而真正的潜水一般都会坐船到一个地方，或是有些地方组织的出海一日游。海底世界多姿多彩，鹦鹉鱼和小丑鱼在珊瑚礁中穿梭。魟从海底的沙子上慢慢滑过。海鳝则潜伏在岩石的凹面处，静候时机与豹鲨和黑鳍礁鲨来个“亲密约会”。早些年的时候鲨鱼还经常会在海岸边的水域出现。

临近东海岸的有些地方很值得一去：Ko Lipi（潜水深度在20米左右），那里有长满柳珊瑚虫的一面悬崖峭壁。在Ko Dok Mai设有鲨鱼潜水点，这里可以看见银莲花暗礁（大约都在22米深的位置）。这个地方不仅以软、硬珊瑚出名，还因豹鲨的出没而名扬海外。离这不远就是“国王号”游艇沉没的地方，船身残骸大约30米长，于1997年失事沉没。这具残骸正好为海底的动植物提供了一个不错的安身之所。有些更好的潜水旅程会安排去参观大国王岛（Racha Yai）和小国王岛（Racha Noi）（两个岛都在大约30米处）或是诗美兰小群岛（Similan），但这些都只能在十月以后才能参观。

带孩子潜水

普吉岛为带孩子的游客提供最佳服务。八岁以上勇敢的小朋友可以先在泳池里学习并通过“PADI Bubblemaker”。这一阶段的练习是为引入潜水的基本概念。十岁以上的孩子可以上“Junior Open Water Diver”课，这种课程是在海里进行训练，就像成人班的“Open Water Diver”课一样。当然潜水的最大深度是被限制在11米内，而且孩子必须在家长和一位潜水教练的共同监护下完成潜水。

孩子在潜水前需要让医生提前检查耳朵，以防在潜水过程中因为压力不平衡而出现问题。

如果不想遇到麻烦，最好在家买好面罩、进气管、脚蹼等潜水设备，要知道不是哪都能买到适合小孩子的设备。

一项奢侈的运动

游客经常称潜水是一项奢侈昂贵的运动。但在泰国非常容易，租一套好的装备（质量上乘）大约要花费20欧元，参加一趟可以潜水两次的暗礁之旅，大概要再花费40欧元左右。

潜水学校

▶ 运动休闲，P.28

全家出游小贴士

阳光、沙滩、大海，一片充满异域风情的地域，一种与众不同的文化。这里有很多适合孩子的旅游项目，带孩子一起来享受这轻松的假期吧！

◀ 不管是在泳池还是在大海，只要是在普吉岛，孩子们总能找到乐趣。

普吉岛水族馆 5

Phuket Aquarium ▶ P.119，E10

水族馆箱里充满了多彩缤纷的热带海洋生物，甚至你在有些地方还可以伸手摸一摸海星或是海参。这里还能看到很多不同种类的巨型鱼、海龟或是鲸。

Laem Panwa（普吉镇以南10公里处）；www.phuketaquarium.org；8:30～16:30；$ 成人100泰铢，儿童半价。

骑象旅行

Elefanten-Trekking

普吉岛的很多地方都有骑象旅行的服务，但是要提前咨询好价格和所经过的地方，因为有些地方是漫天要价的，而有些地方仅仅是带你骑着象穿过一片香蕉园。（▶ MERIAN小贴士，P.27）

Fantasea

▶ P.116，B7

你将在这里度过一个特别的夜晚，伴随着灯光音乐，焰火和传统舞蹈，一场独特的表演开始了。在可以同时容纳4000人就餐的餐馆里，相信你会有不同的美妙体验。

Kamala Beach；17:30～22:30；$ 成人1500泰铢，儿童1100泰铢。

长臂猿保护中心

▶ 绿色出行，P.19

普吉岛的蝴蝶公园和昆虫世界

Phuket Butterfly Gaiden & Insect World ▶ P.117，D7

成千上万只五彩缤纷的蝴蝶在空中飞舞。除了可以看到这壮观景色外，你还能有机会了解它们的生活习性以及培育过程方面的知识。

SamKongVillage，Yaowarat Rd.（普吉镇以北3千米处）；www.phuketbutterfly.com；9:00～17:00；$ 成人300泰铢，儿童半价。

潜水和浮潜

Schnorcheln und Tauchen

没有哪个孩子能抗拒得了奇妙的水下世界。最好在家就买好潜水所需的设备：面罩、进气管、脚蹼等，最晚也要在曼谷（Bangkok）买好这些东西。8岁以上的小朋友可以在泳池中先通过“PADI Bubblemaker”的考试。这是第一阶段，目的是让孩子们了解潜水这项运动。8～10岁的孩子可以参加“Junior Open Water Diver”培训班。这时孩子们就要到真正的大海中进行训练，就像成人班的“Open Water Diver”课一样。值得一提的是，孩子们潜水的最大深度被限制在11米内，而且孩子必须在家长和一位潜水教练的共同监护下才行。需要提醒的是：要提前为孩子检查耳朵，以防在潜水过程中因为压力不平衡而出现意外。

更多的全家出游小贴士请参看此标志

在芭东（▶ P.49）可以体验到最棒的沙滩假期：渴望晒太阳的人和喜欢躲在遮阳伞下的人都可以在这片热带海洋的细腻沙滩上纵情放松。

玩转普吉岛

在沙滩上放松，到热带丛林中探险，体验奇妙的水下世界，感受特别的异域文化，这一切尽在普吉岛。

北部和西部海岸

白天赤足在海岸的白色沙滩上散步，尽情享受细腻的沙粒和温暖的海水；晚上去享用饕餮盛宴，满足味蕾。

◀ Laem Singh Beach（▶ P.46）是一处世外桃源：需要走十分钟才能到达人群密集的地方。

普吉岛以其西海岸的沙滩而闻名世界，像邦道、Kalim或是卡伦。细腻的白色沙滩衬托着清澈、青绿色海水，还有一些山石、断崖矗立其中。这里大大小小的海湾阻挡着巨浪，海底珊瑚暗礁也起到了减小海浪的作用，但遗憾的是它们没能阻挡住2004年12月25日大海啸引发的巨浪。成百上千的人不幸罹难，还有很多人受伤。为此在当地修建了纪念碑来纪念这些死去的人，同时也在上面标注了从海岸到腹地的逃跑路线，提醒游客注意。

北部和西部海岸

普吉镇及周边地区

南部和
东部海岸

奈洋海滩
Nai Yang Beach ▶P.114，B3
6000居民

在小岛的西北方向有一处十分安静的海滩。对于大自然爱好者来说，这里也非常神秘有趣。海湾的东部和南部还保留着先前的森林，而北部和东北部的土地则主要用于农业耕种。整片区域内很少有人居住，因为大部分的土地和水域属于西莉那国家公园（Sirinat National Park）。建造这座占地90平方公顷，绵延海滩13公里的公园就是为了保护沿海地区的动植物。因为这里有很多珍贵的物种：海岸线前大片的珊瑚礁，还有每年12～2月到岸边的沙滩产蛋的海龟。

这里的旅游基础设施主要包括：两家较大规模的酒店、几间平房，还有几家餐馆。这里没有喧闹的夜生活，但在旺季也会出现旅游热潮。奈洋海滩是那些想要远离喧嚣或是家庭集体出游的人们的理想之选。因为大片平坦的海滩，暗礁和西南部的海岬有效地阻挡了猛烈的海浪袭击，为孩子们提供了理想的游泳场所。

对于喜欢在沙滩上散步的人来说，这里也是不错的选择，因为从泰洋海滩可以很容易转入迈拷海滩，并可以直接到达萨拉辛桥（Sarasin Bridge）（大约15千米）。

如果幸运的话，你能在潜水时遇到一只让你记忆深刻的大海龟，它们年复一年地到奈洋海滩产蛋（▶P.38）。

在奈洋海滩几乎没有椰子树，但这里到处都是木麻黄属的常绿植物。这些树不仅能提供更多的阴凉（一大优势）而且还能避免椰子掉下来砸到正在晒太阳的人（这是待在热带地区最大的危险之一）。

景点

海龟下蛋

每年的十二月初到次年的二月中下旬都会有大批的海龟（绿龟）爬上岸，到沙子中产蛋。沙子能储存太阳光的热量，这样龟蛋在沙子中大概90天就能孵化出小海龟了。这些可爱的小家伙大多在晚上的时候钻出沙子，然后努力并迅速地冲向大海。

这些小海龟是根据光感找到通向大海的路的。因此人们在晚上不要打着手电到海滩边游荡，否则会给小海龟错误的方向诱导。近几年海龟越来越少，人们必须有足够多的运气才有幸看到海龟。

西莉那国家公园游客中心

在西莉那国家公园的游客中心里有一个小型的生物博物馆，展示这个地区的生物标本。这些来自海洋的展品向人们清晰地再现了大自然中的协调合作。例如，一座珊瑚礁是如何形成的。昆虫、蝴蝶和其他小动物向参观者展示了海岸线上的自然生活环境。

Nai Yang Beach；8:00～12:00，13:00～16:00；$ 免费

住宿

Indigo Pearl

舒适 这里有海滩上最大最好的设施。占地35公顷的大花园中央是游客住宿区，周围还有泳池和俱乐部。

Nai Yang Beach；0 76/32 70 06，32 70 15；www.indigo-pearl.com；243间客房；€€€€

奈洋海滩度假村 Nai Yang Beach Resort

真正的宁静 设施齐全，房间简单但物有所值。

65/23-24 Moo 1；0 76/32 83 00，32 84 00；www.naiyangbeachresort.com；35间客房；€€€

花园村舍 Garden Cottage

美丽的大花园 坐落在主干道上的漂亮平房，离海滩大概有十分钟步行的路程。

53/1 Moo 1；0 76/32 72 93；www.garden-cottage.org；16间客房；€€

金色度假村 The Golddigger's Resort

欧式风格 装修简单但不缺乏的感觉，遗憾的是它不是坐落在沙滩上的。

74/12 Moo 5 Surin Rd.；0 76/32 84 24；www.golddigger-resort.com；8间客房；€€

西莉那国家公园住处

实用 非常简单的配套设施，由国家公园管理处负责运营的。

Nai Yang Beach；0 76/32 82 26，02/5 61 29 19；5间小屋；€

饮食

The Terrace

奢华 供应泰式和西式美味，你可以选择坐在装有空调的餐馆里或是坐在海边的露天花园中就餐。晚上的自助餐每人约220泰铢。

Arahmas Resort，Nai Yang Beach Rd.；€€€

Octopus

适合欧洲人口味 大部分都是欧式或美式的烤肉类食品。

Nai Yang Beach Rd.；€

Tem Seafood

美味的泰式菜肴 特色菜是鱼和蟹类的有关菜品，当然会很辣。

Nai Yang Beach Rd.；€

购物

Batik

这里可以参观巴提克印花的制作过程，还可以买到漂亮的印花布。

Nai Yang Beach Rd.（大约在Sunset Bar以南50米处）

夜生活

啤酒馆

Crown Nai Yang Suites宾馆的酒吧每晚都有“moonlight hour”，21:00～23:00期间所有的饮品都50泰铢。

117 National Park Rd.

Jacob Forster Bar

在沙滩的酒吧里，在棕榈树下喝酒，这件酒吧修筑的外形像一艘船。

Nai Yang Beach Rd.

服务

租车 / 郊游

街道边聚集着很多旅行社组织出游的人，有的是安排坐汽车（600泰铢以上）出行，有的是安排坐船出行。

周边旅游景点

◎ Ao Po

▸ P.115，E3

从东北部的海岸坐船出发大约20分钟就能到达Ko NaKa Yai和Ko NaKa Noi岛。这两个岛都养殖珍珠。如果你不想自助出行，可以去酒店的旅行处，他们会组织团体出游的。快到Ao Po的时候有一条向北岔开的小路，从那出去，你可以一睹攀牙湾的风采。

大概在奈洋海滩以东20千米处

◎ 迈拷海滩 Mai Khao Beach

▸ P.114，B3

这是一条长达10千米，至今还未开发的沙滩，隐藏在奈洋海滩的北部。白色的沙滩上木麻黄属的常绿乔木为人们提供阴凉。周末，这里人满为患，游客们拿着野餐篮和饮料来这里享受大自然。目前为止，这里只有一家旅馆，静谧的环境可以保证客人不受打扰，专心独享一个人的空间。

奈洋海滩以北3.5千米

> **你知道吗？**
>
> 红树林植物对盐土的适应能力比任何陆生植物都强，而且红树林有防浪护坡、净化水污染等作用。

住宿

J.W. Marriot Resort & SPA

奢华、安静 这里提供任何你能想到的奢华服务。游客可以在配有超大浴室的大房间里观海景，彻底地放松，享受假期（只是有些价格不是很实惠）。

231 Moo 3；☎ 0 76/33 80 00；www.marriot.com；265间客房；€€€€

◎ 红树林 Mangroven

▸ P.115，C/D3/4

在去往普吉镇的奈洋海滩的主街道上有一条向东指向Ao Po的岔路。在第一个街口向北的方向上可以看到海岸边长有很多红树。它们的根茎阻挡着涨落潮时不断变化的水位。沼泽地里生活着鱼鹰、鹭、蛇，还有跳鱼——一种靠特殊器官在陆地上也能暂时生活的鱼。除此之外，在红权树林附近还有一个面积很小，很原始的小渔村。

◎ Nai Thon Beach

▸ P.114，A4

在奈洋海滩南面的两个海岬之间有一个嵌入的幽静海湾，很小，但风景很美。

奈洋海滩以南6千米处

◎ 萨拉辛桥 Sarasin Bridge

▸ P.114，B1

这座长达880米的大桥是普吉岛第一座与泰国内陆连接的桥梁，而且这里也是欣赏日落或是观看钓鱼者的绝佳地点。为了减轻这座大桥的负担，在它旁边又修建了另一座新桥——Thaothep Kasetri桥。

奈洋海滩以北25千米处

马来西亚的外籍工人在普吉岛定居给岛上的生活也带来了不小的影响，邦道的清真寺（▶P.42）就是一个有力的证明。

邦道 3

Bang Tao ▶ P.116，B6

6000~8000居民

地图 ▶ P.43

20世纪80年代末以前，邦道海滩——这座隐藏于邦道小村庄西北方向2千米处的海滩还没有被旅游开发。整整8千米的白色海滩，还有大片的木麻黄属的植物和椰子树，青绿色的清澈海水，被热带植物覆盖的绿色小山丘，成就了这里一番迷人的景色。

随着国际市场价格的回落，邦道周边的锡矿开采减少，采锡业开始逐渐被盈利性高的旅游业所取代。之后，采锡的矿井被灌满水，其中一部分地方植上了草皮，还种上了热带植物。如今这些地方都变成了豪华大酒店的花园和湖泊景观。Laguna地区就是通过这种方式将废弃的矿井变成今日风景迷人的地方。这个项目还在1992年荣获了世界环境大奖。从小山丘上放眼望去，可以看到广阔的橡胶种植园、连绵的稻田，还有邦道海滩和Choeng Thale。邦道是普吉岛上最大的伊斯兰教徒聚集区，但是周边邻近的地方大多居住着佛教徒。很大程度上，邦道就像一座大型的清真寺。

从印度和马来西亚来的伊斯兰教徒到普吉岛的种植园或矿井中当工人并在此定居。游客可以观察除了Laguna地区之外的人们的服饰特点：这里决不允许穿那种坦胸露肩的衣服。而且在邦道也不是所有地方都能买到含有酒精的饮料，除了Laguna地区。

NERIAN小贴士 4

体验茶馆 ▶ P.43，b3

因为在邦道有大批信奉伊斯兰教的马来西亚移民，所以这里也受到了他们所带来的文化影响。不像芭东到处都是酒馆，这里取而代之的是小茶馆和小咖啡屋，人们在里边可以边聊天，边喝着加了黏稠的、甜炼乳的茶或是咖啡。和茶一起供应的是配有香蕉的黏米饭，而且是用香蕉叶包着的，非常环保。一般这种小茶馆或是小咖啡屋都健在清真寺附近。

景点

清真寺
Moschee

▶ P.43，b3

这座清真寺建有穹顶，塔楼和摩尔人式的拱，明显受了马来移民的文化影响。纱笼和穆斯林小帽就像喝茶一样也是伊斯兰教教徒生活中的一部分。值得注意的是马来人的禁忌，游客必须要穿戴整齐并且尽量避开教徒做祈祷的时间段。（例如周五中午）

散步

经过Dusit Thani Laguna，经过Dusit Tha，经过Dusit Thani Laguna大概再走3千米就能到达普吉岛悦榕庄，一进去就能看到水池，还有各种各样的按摩浴池，另外你还可以在这里的SPA休息大厅中享受一顿美食。

从悦榕庄可以选择很多方式返回，既可以沿着街道走，欣赏沿途漂亮鲜艳的花草，不过这些娇弱的花朵不能提供荫凉，遮挡不了太阳的暴晒。此外，你还可以搭乘免费的嘟嘟班车（Shuttle-Tuk-Tuk），甚至还可以在Laguna乘船回来。

散步的时间大约花费两个小时

住宿

普吉岛悦榕庄

▶ 绿色出行，P.19

Best Western Allamanda Laguna Phuket

▶ P.43，b1

家庭出游的理想之选 这里的公寓都是按照泰式风格布置的，设施齐全且居住舒适。并且，在这里可以看到环礁湖和泳池。还有一点特别受游客欢迎的是这里有小厨房。

29 Moo 4，Sri Soonthorn Rd.；076/362700；www.allamanda.com；129间套房；€€€€

Dusit Thani Laguna Phuket

▶ P.43，b1/2

泰国式的优美 这个地方嵌入在两个环礁湖的中间，是“世界领先酒店”之一。除了有设施完备的房间之外，还准备了很多热带景观供客人欣赏。

390 Sri Soonthorn Rd.；0 76/36 29 99；www.lagunaphuket.com；共有225间客房；€€€€

普吉岛拉古娜喜来登酒店
Sheraton Grande Laguna

▶ P.43，b1

很棒的水上设施 这个酒店名字就是豪华的象征，提供很棒的水上设施。这里除了提供个人帆船，冲浪的环礁湖，还有私人的沙滩泳池。并且在这里每座房间都能看到水上乐园。

16Moo 4,Sri Soonthorn Rd.；

☎ 0 76/32 41 01；www.starwoodhotels.com；共有322间客房；€€€€

餐饮

番红花
Saffron

▶ P.43，b1

特色风味 这是一家很棒的餐馆，供应咖喱菜肴。

普吉岛悦榕庄（▶绿色出行，P.19）；☎ 0 76/32 43 74；€€€€

Ruen Thai Restaurant

▶ P.43，b1/2

风格独特 这里的泰式菜肴非常美味，风格独特的装修总是能吸引不少目光，可以在装有空调的室内就餐，也可以到室外的露台享受美食。

Dusit Thani Laguna Phuket Hotel，（▶ P.42）☎ 0 76/36 29 99；€€€

Toto

地中海风味 这是一家非常漂亮的酒吧，里面的餐厅供应的绝大部分是意大利菜肴。

Surin Beach，121/1 Kamala；☎ 0 76/27 14 30；€€€

La Trattoria

▶ P.43，b1/2

美味的肉酱面 在这家意大利风格的餐厅中你可以享受到肉酱面、比萨，还有各种小吃和海味。

Dusit Thani Laguna Phuket Hotel，（▶ P.42）☎ 0 76/36 29 99；€€€

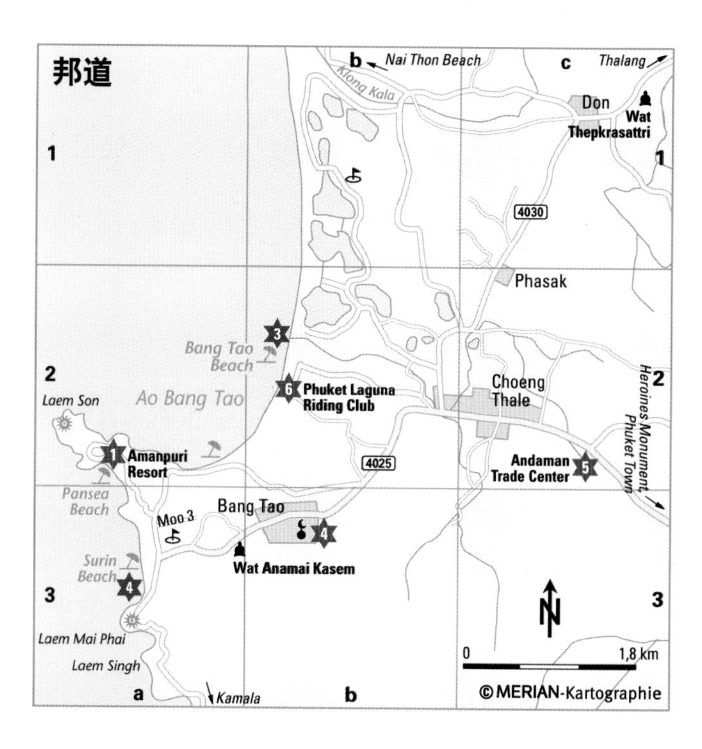

NERIAN小贴士 5

安达曼贸易中心 ▶ P.43，c2

在远离海岸线的热带丛林中有一座大型的交易市场——安达曼贸易中心。在这里可以买些珍珠，这些珍珠都产自普吉岛的海岸沿线。除此之外，这里还有很多其他选择，比如漂亮的金银饰品盒、泰国传统的手工艺品，值得一看。但是要注意的一点是，当一个大型旅行团到来时，这里的价格就会上涨，所以要静候他们离开，然后再去选购，这样可以省下很多钱。

Bang Tao，108/2 Srisoonthorn Rd.；☎0 76/27 23 04

Lakeside ▶ P.43，b2

物美价廉 这里紧靠Laguna区，等待你的不光有丰富多样的亚洲美食，还有各种西式餐点。如果你想来这里就餐，还可以享受到免费的班车服务。

Zufart zum Laguna Bereich；☎ 01/6 06 15 22；€€/€€€

购物

Canal Village ▶ P.43，b2

购物中心在Laguna区。这里出售纪念品、泰丝、饰品，以及量身定做的服装，还有一些皮革制品。这儿还有一个小超市。在Jim Thompson 经销处你能获得无限的购物乐趣。

可以坐班车或船前往，营业时间是9:00～21:00。

Anfahrt mit dem Shuttle-Bus oder dem Fährboot；9:00～21:00

Thai Crafts Export ▶ P.43，b2

在这儿可以精心挑选几件家居饰品。这里的商品一般都是通过海运回国。

382/3 Moo 1，Srisoonthorn Rd.；☎0 76/27 00 59

夜生活

在Laguna的夜生活虽没有芭东那样精彩绝伦，但是也能让人尽兴。

Horizon Lounge ▶ P43，b1/2

坐在这家舒适的鸡尾酒酒吧中，喝着热带饮品，享受着日落美景。特别推荐的是Piña Colada或是新加坡冷饮料。

Dusit Thani Laguna Phuket Hotel，（▶ P.43）；☎ 0 76/36 29 99；11:00～24:00

Terrace Bar ▶ P.43，b1

鸡尾酒，现场音乐，还有清爽的海风，在这里的感觉就像坐在游船的甲板上。

Banyan Tree Resort （▶ 绿色出行，P.19）；周六～周四10:00～0:30营业，周五18:30～19:30。

服务

咨询处

所有的酒店都准备了手册和卡片，在门房处即能完成预订行程的工作。

公共交通

公共交通只有从邦道或者Choeng Thale出发的车。不过酒店一般都有接送游客去机场的车，并且还会为游客安排出租车到普吉镇或其他海滩游玩。

周边旅游景点

◎ 英雄纪念碑

Heroines Monument ▶ P.117，D6

在热闹的街道中央矗立着普吉岛的一个标志性建筑物——英雄纪念碑，1785年缅甸人试图侵略小岛，被激怒的岛民奋起反抗，成功击退了敌人。组织这场抵抗运动的正是前省长夫人Khunying Chan和她的姐姐Khun Mook。她们因其勇敢的行为获得了尊贵的头衔Thep Krasattri（Chan）和Thao SriSunthorn（Mook）。人们为了纪念她们而修建了这座纪念碑。

邦道以东大约10千米

◎ 考帕泰奥国家公园 1

▶ 绿色出行，P.20

◎ 稻田和橡胶园
Reisfelder und Kautschukplantagen

▶ P.116，B6

邦道海湾后面几千米处的腹地有着大片的稻田和橡胶园，游玩这里最好租一辆车。视天气情况而定，最好从邦道出发，沿着Dusit Thani Laguna和悦榕庄酒店前行，这时会有一条向西岔开的小街（向海的方向），慢慢你会看到稻田和橡胶园逐渐取代森林。马来人站在稻田中用水牛耕田是这里的一景。

当你在黄昏漫步时，沿着Nai Thon 你会走到4031号大街，那里可以通向英雄纪念碑。

邦道向东大约4千米

◎ 塔朗国家博物馆
Thalang National Museum

▶ P.117，D6

这座小型博物馆通过照片、图片、模型甚至日常生活用品清晰地再现了小岛的发展历程，向人们展示了普吉岛的历史。

从英雄纪念碑向东坐环形交通去往4027号大街；周三～周日9:00～12:00，13:00～17:00；$ 20泰铢；邦道以东大约10千米处

NERIAN小贴士 6

普吉岛环行骑马俱乐部
PHUKET LAGUNA RIDING CLUB

▶ P.116，B6

飞驰着跑过沙滩，穿过飞溅的水花；或者悠闲地沿着蓝色环礁湖慢行；还可以穿梭在种植园和森林中。普吉岛环形骑马俱乐部能让成人和小孩（5岁以上）享受到这样的乐趣。这里同样欢迎初学者，教练会在骑行过程中给予指导和帮助。

Bang Tao Beach，394Moo 1；☎ 0 76/32 41 99；$ 每小时300泰铢以上

卡马拉
Kamala

▶ P.116，B7

6000居民

在卡马拉海湾——这个西部海岸地标中点，旅游业并不发达。与邻近的芭东海湾热闹的活动相比，这里除了偶尔举办的沙滩聚会之外，几乎没有其他活动。

卡马拉距离海滩大约一公里远。它对周边农业的影响举足轻重。绝大多数穆斯林居民的生活来源是：种植水稻、加工椰子或是生产橡胶。每天都会有呼报祈祷时刻的人从村子里的小清真寺一直呼唤到沙滩边，以此来提醒教徒们去做祷告。

在沙滩漫步或是在腹地漫游的人都有可能遇到本地人：可能是橡胶工人，穿着笨重的大高靴在草丛中走；也可能是农民，正在齐膝深的水中，将柔软的秧苗插入营养丰富的泥土中；还有可能是个孩子，正在收集椰子。总之，路途中到处都有新奇的发现。

被人们所熟知的Laem Singh和苏林海滩不一定是最热闹的，要知道这里每天也会来很多游客，甚至还有来自Pansea海滩豪华酒店里的客人。但是这样一个风景优美、恬静闲适的热带海滩有时也会有意外发生，毕竟大海的脾气是很难预测的，所以遇上大浪也就不足为奇了。

在Pansea海滩和邻近的苏林海滩也只能在固定的区域内游泳。因为经常会有巨浪或海底暗流，即使善于水性的泳者也可能有生命危险。如果你不幸被卷入暗流，请不要妄图挣扎，最好是保存体力与海岸平行着游，慢慢游到暗流减弱的地方。

景色

Fantasea

▶ 全家出游小贴士，P.33

住宿

卡马拉海滩庄园 Kamala Beach Estate

富丽堂皇的半岛 设施完备，风景秀美，价格实惠。

Kamala Beach，33/6 Moo 6；076/279756；www.kamalabeachestate.com；29间客房；€€€

Thai Kamala Village

杰出的地理位置 沙滩上的舒适住房。

93 Moo 3 Rimhad Rd.；076/279795；www.hotel-thaikamala.com；17间客房；€€

餐饮

Rockfish

味道绝佳的鱼类菜肴 在这家安静且风格独特的餐馆中，除了能欣赏到美丽的海湾风景外，游客还能享受泰式或其他国家的料理。

卡马拉海滩以东（▶P.45）；076/27 97 32；€€

Orchid House

家的氛围 在海滩边的这家小餐馆中你能享受到泰国和法国的美味。

01/8 92 97 57；€

购物

不提倡在卡马拉购物，但如果你想买彩色的T恤或是其他纪念品的话，最好前往芭东或是普吉镇购买。

超市

在沙滩边的街道上有三家小超市，主要出售一些日常生活用品。

服务

公交车

这里有定期开往普吉镇的公交车，你在主街道的边上挥手示意就可以上车了。

周边旅游景点

◎ Laem Singh Beach ▶ P.116，A6

这片小型的白色沙滩位于Löwenkap海岬之下，嵌入在两座山崖之间，碧绿色的海水，绿色的植被映衬在周边。旅游旺季的时候这里会有售卖饮料和小吃的亭子，还有躺椅和太阳伞。公园的门卫会给你指明下车之后通往浴场的路。总之，这个海滩很值得一去，它是普吉岛最美的沙滩之一。

这幅图片向我们展示了一幅邦道海湾背后的和谐画面：当地人正在齐膝深的水田（▶P.45）中耕作。

到那最简单的方法是 租车前往海岬，从卡马拉开车直接向北（朝着苏林海滩、邦道的方向）前行。还可以租一辆小型的公交车或是嘟嘟车前往。回来的时候更简单了，人们既可以在公路上搭便车也可以找等候在那里的小型公车司机搭车回来。

卡马拉以北大约15千米

◎ Pansea Beach ▶P.116，A6

Pansea 海滩坐落在卡马拉海湾的北部，这片白色细腻的沙滩一直延续到Son海岬的山崖处。虽然这个地方很偏远，但仍然有很多游人选择到这片海滩来体验热带风情。国际级的巨星迈克·贾格（Mick Jagger）和克劳蒂亚·雪佛（Claudia Schiffer）也在这里住过。更多信息参见安曼普里度假村。（▶MERIAN小贴士，P.13）

卡马拉以北大约5千米

住宿

安曼普里度假村

▶ MERIAN小贴士，P.13

The Chedi

▶ P.43，a2

优雅的单层小楼 紧靠山坡修建的漂亮小楼，这里可以满足你的任何需求。由于它是依靠山坡修建而成，所以上下楼梯就是每天的必选活动（一天要爬几百级楼梯）。

118 Moo 3；☎ 0 76/62 15 79；www.ghmhotels.com；108间客房；€€€

餐饮

沙滩餐馆 Beach Restaurant

沙滩上最好吃的餐馆 从欧洲进口的原料加上当地最好的配料，烹制出最棒的美味。

Hotel The Chedi
☎ 0 76/62 15 79；€€€

◎ 苏林海滩 4
Surin Beach

▶ P.116，A6

苏林海滩吸引了很多人前来晒日光浴。就像Pansea海滩一样，在这里游泳也不能保证是绝对安全的，所以只有很少的游客在这里长期停留。不过在这片海滩上散步或是在木麻黄属的常绿乔木下乘凉也是不错的享受。

卡马拉以北4千米处

住宿

Surin Sweet Hotel

喜欢安静的人的理想之选 布置惬意的小寓所，也是为想

在苏林海滩（▶P.48）游泳不是一直都毫无顾虑的，要时刻提防有大的海浪。正因如此，这片美丽的沙滩才没有人满为患。

自己做饭的游客特别准备的。

107/5 Moo 3；0 76/27 08 63；€€

芭东

Patong

▶ P.116，B8

18000居民

地图 ▶ P.53

阳光、沙滩、海洋、五彩缤纷的颜色，与众不同的热带风情。还有来自欧洲的美味，当然也包括来自德国的食品。在普吉岛西海岸的这个地方度假，可以尝到德语菜肴，喝着德国啤酒。

这有很多住宿的选择：旅馆、酒店、简易的单层小楼，从简单到奢华一应俱全；饭店、酒吧、Go-Go Bar、按摩沙龙、迪厅等娱乐场所任你选择；这里有不计其数的商店销售彩色的T恤，来自印度尼西亚的木雕，产自泰国北部或缅甸的纺织品，还有量身定制的西服或是成套女装，各式花色满足人们的不同喜好。但过度的娱乐和自由也滋生了这里不良行业，那就是无处不在的色情行为。

如果你想在芭东找到一些有关当地文化的东西，那简直是徒劳。有时连这里的餐厅或是酒店的服务人员都不是本地人。当然若想体验真正的当地生活也不是没有办法，这里有很多旅游运营商（tour-operators）可以向你提供服务，让你感受真正的异域文化。或者你可以租车或是摩托自驾游，在芭东提供这样服务的地方也很多。

NERIAN小贴士 

柠檬草餐厅

RESTAURANT LEMONGRASS

▶ P.116，A6

这家餐厅坐落在苏林中心的北部。在这里能吃到最正宗的传统泰式菜肴，并且已经根据游客的口味稍微改良过了。在屋顶的平台上还可以看到美丽的风景。

Surin Beach，Moo 3；0 76/27 65 47；€€

景点

Patong Go-Cart Speedway

▶ P.53，c2东

在小山背面普吉镇/Kathu的方向上有迷你小跑车在沥青的柏油跑道上飞驰。

Vichit Songkhram Rd.；0 76/32 19 49；$ 33泰铢/分钟

Wat Suwan Khiri Wong

▶ P.53，c2

这处位于东北部的小小的圣骨存放地就像泰国文化在芭东的最后一点遗物。

Phra Barami Rd.， Sai Nam YenRd.

散步

地图

▶ P.53

利用下午晚些时候和傍晚的时间散步是了解芭东最好的方式。

散步的起点选在塔威旺路路 6 ——一条海滨大街，到了Soi Bangla入口你可以沿着沙滩漫步远离喧闹拥挤的人群，或是沿着挤满餐馆、酒吧、商店的城市街道闲逛。这两种选择

这条位于芭东的繁华街道塔威旺路（▶P.49，53）上到处都是广告牌，为各种各样的店铺做广告，如纪念品商店、裁缝店、饭店、酒吧、文身店等。

都有其独到的魅力，总之，芭东是小岛最美的海滨之一。街上的商店数不胜数，晚上还会有一些兜售旅游商品的小摊。这些小贩白天在沙滩上向人们推销他们的商品，晚上还在游客回酒店的必经之路上努力卖他们的东西。

离开度假旅馆几百米就能到达Kepsap Plaza，那里到处都是商店、餐馆（像Lai Mai）和流动商贩。货币兑换所有时在晚上也开门，再远一点的街道边你还能看到旅游警察办公室。

在紧挨着这里的Soi Permpong大街和Soi Post Office大街总是有数以百计的游客涌入，他们主要是被这里定制服装的服务所吸引。你离Soi Bangla越近，就会感到交通噪音和街边音响的声音越大，娱乐区也就离你越近了。你既可以从Soi Bangla开始你的娱乐活动，也可以从塔威旺路开始。

沿着这条街继续向北，又会出现一段暂时的宁静，这时只能朝着这个方向前进，进入芭东海滩路（Soi Thanon Hat Patong）就可以向右进城了。

穿过Rat Uthit路就又到了另一个热闹的娱乐区。左右两边有很多小巷（Soi Sunset，

Soi San Sabai），它们的存在很显然只是为了尽可能多的开酒吧，带来最劲爆的音乐。人们可以在这里通宵达旦的喝酒，如果在露天酒吧觉得拘谨的单身游客，可以到Go-go-Bar或是按摩沙龙（在这里叫massage parlor）里彻底地放松。在这些娱乐场所里有为数不多的几家餐馆冠以德语的名字。总之，在芭东这个地方，人们对它已有的各种偏见都能得到证实。

直到南部的Song Roi Pee路，上述长达几里的娱乐区才到终点。穿过Soi Kepsap你就又回到海滩了。

整个行程大约持续2.5个小时

住宿

Impiana Resort & SPA Phuket

▶ P.53，b3

最棒的海滩旅店 邻近海滩，房间舒适，装饰奢华。

41 Taweewong Rd.；0 76/34 01 38；www.impiana.com；76间客房；€€€€

Amari Coral Beach Resort

▶ P.53，a4

安静的地段 位于相对安静的南部海湾，装修十分漂亮。

104 Moo 4；0 76/34 01 06；www.amari.com；197间客房；€€€

Club Andaman Beach Resort

▶ P.53，b2

富丽堂皇的大花园 人性化的房间异常舒适，漂亮的Balkone和引人入胜的花园泳池，备受旅游团的青睐。

2 Had Patong Rd.；0 76/34 05 30；www.clubandaman.com；270间客房；€€€

The Royal Paradise Hotel

▶ P.53，b/c3

坐落在城市的"脉搏"上 没有沙滩，但是仍能给你带来天堂般的住宿感受。

135/23 Rat Uthit Rd.；076/340666；www.royalparadise.com；共有248间客房；€€€

Baan Sukhothai Resort & SPA

▶ P.53，b3

泰式风格的完美体现 尽管地处中心地段，但是这个度假村还是相对比较安静，房间配备齐全，86间客房为每一位游客提供最舒适的住宿。

70 Bangla Road；0 76/34 01 95；www.phuket-baan.sukhothai.com；86间客房；€€

Coconut Village Resort

▶ P.53，a4

漂亮的大花园 舒适的房间还配有泳池，而且离沙滩不远。

20 Prach-anukroh Rd.；0 76/34 01 46；www.coconutvillageresort.com；83间客房；€€

Tropica Bungalow

▶ P.53，b3

邻近沙滩和中心地带 房间设施完备，还配有泳池。

132 Taweewong Rd.；0 76/34 02 04；www.tropica-bungalow.com；80间客房；€€

餐饮

The Old Fisherman's

▶ P.53，b1

美味佳肴 很棒的海鲜和鱼类菜肴。除此之外，你还应该尝尝美味的Barbecue，这家漂亮的露天餐馆的周围环境非常棒。

🏠 Kalim Beach,Novotel Phuket Resort；☎ 0 76/34 27 77；€€€

Lai Mai

▶ P.53，b3

在这里可以了解东西方不同的烹饪技法，可以享受来自不同地方的美味佳肴。在热闹非凡的塔威旺路你可以品尝到最正宗的泰国名汤"冬阴功"（tom yum goong）。它是用小虾、姜汁、柠檬草烹制而成的。当然除了这些，你还能品尝到黑椒肉排、比萨、美式早餐和土耳其烤肉串等西式美食。

🏠 86/15 Taweewong Rd.；☎ 0 76/34 04 60；€€

Savoey

▶ P.53，b3

美味的海鲜 这里的鱼和海鲜特别棒，如果想要品尝，最好提前预订。

🏠 136 Taweewong Rd.；☎ 0 76/34 11 70；€€/€€€

Baitong

▶ P.53，b3

大饱口福 你可以坐在露台上边看风景边享受鱼、海鲜等佳肴。这里不仅可以看到大海，还可以观赏到舞蹈表演。如果你出示单据（旅游折扣卡），还可以享受优惠。

🏠 Patong Beach Hotel 94 Taweewong Rd；☎ 0 76/34 03 01；€€

Grillhütte

▶ P.53，b3

家乡的味道 提供地道的德国啤酒、酸黄瓜和小香肠。

🏠 142/1 Taweewong Rd.；☎ 0 76/34 14 56；€€

Tropica

▶ P.53，b3

浪漫优雅 在花园中享受泰式、中式或西式料理。

🏠 132 Taweewong Rd.；☎ 0 76/34 02 04；€€

购物

R.K. Fashions

▶ P.53，b3

你可以自己选择布料，裁缝将为你量身定做，样式都是参照国际大师的设计。

🏠 89/15 Soi Post Office

J.S. Gems Co.

▶ P.53，b3

这是一个充满宝石、金饰和珍珠的世界。

🏠 98/3 Soi Bangla

Jungceglon

▶ P.53，b3

泰国首家生活方式中心（Lifestylecenter）于2006年在芭东开业。75000平方米的购物场所。

🏠 181 Rat Uthit 200 Pee Rd.；
www.jungceylon.com

King's Fashion

▶ P.53，b3

这里的衣服设计优雅，还有用各种布料制作的最新样式的衣服，如羊毛、丝绸、开士米和亚麻布等。

🏠 83/46 Taweewong Rd.

Ocean Plaza

▶ P.53，b3/a4

这家大型百货商店有两家分店，在里面你可以买到物美价廉的饮品、糖果、药品或是其他日用品。

🏠 Ocean Plaza Bangla,Bangla Rd.und Ocean Plaza Taweewong Rd（在海滩南端）

塔威旺路6
Taweewong Taweewong Road

▶ P.53，a/b3/4

在度假宾馆和Soi Bangla之间的海边林荫道上有很多卖东西的小摊贩，他们一般卖太阳镜、T恤、玩具、牛仔裤还有一些纪念品（大部分是产自泰国北部、马来西亚和印度尼西亚的商品），有时甚至还卖仿冒品。

夜生活

Baan Rim Pa Piano Bar & Restaurant

▶ P.53，b1

若来普吉岛旅行，就一定要把到Baan Rim Pa吃晚餐列入行程。在这家地势较高的餐厅中可以俯瞰整个海湾，美景尽收眼底，这份享受可是独一无二的。这项伟大的设计是厨师长的杰作，他还是泰国烹饪学

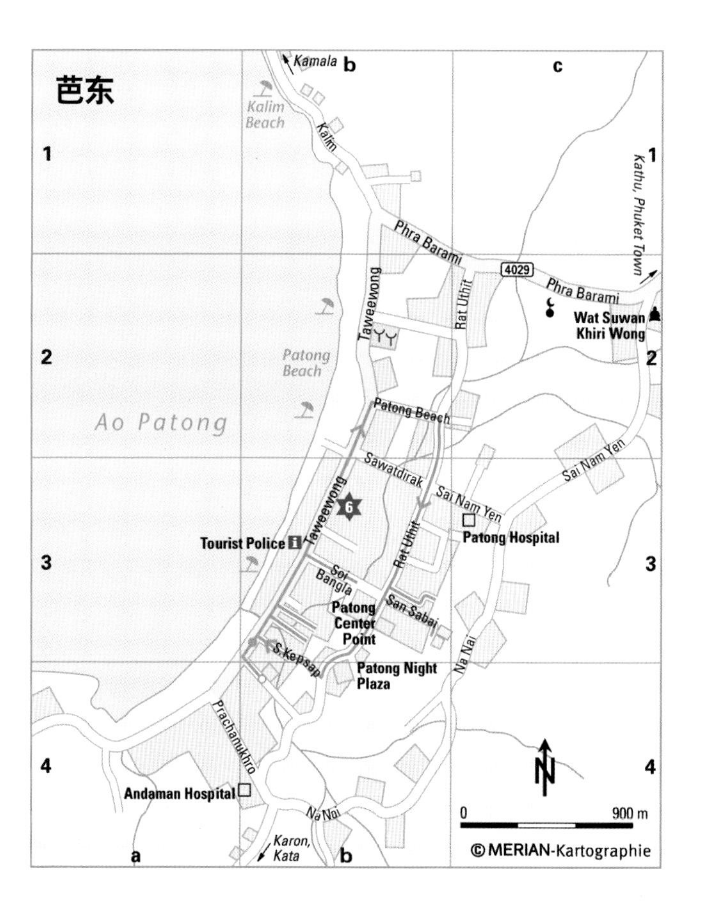

校（Thai Cooking School）的创始人。吃过晚饭之后，来到Piano-Bar喝上一杯也是不错的选择。需要提醒的是在这就餐要记得提前预订。

100/7 Kalim Rd.；☎ 0 76/34 07 89

Banana

▶ P.53，b3

你可以在这座露天酒吧里舒服地喝上一杯，或是跟着音乐跳上一曲。

Patong Beach Hotel

94,Taweewong Rd.

The Hourglass

▶ P.53，b1

这是一家诺富特普吉岛度假村（Novotel Phuket Resort）里的酒吧。一边喝着鸡尾酒一边欣赏安达曼海和芭东的美丽景色，是一种不错的享受。另外晚上九点之后还有现场演奏的爵士乐助兴。

Kalim Beach，Novotel Phuket Resort；☎ 0 76/34 27 77；10:00～1:00

The Islander

▶ P.53，b3

这是一家英式风格的酒吧，可以看卫星电视，可录像，还可以打桌球。

58/9 Soi Bangla

Rock Hard A-Go-go

▶ P.53，b3

这家美式风格的酒吧是最有名的Go-go-Bars之一。劲爆的摇滚乐响彻全场，现场表演带动气氛，还有无限畅饮。

82/51 Soi Bangla / Rat Uthit Rd.

Safari Pub

▶ P.53，b4南

这家酒吧被设计成了一个石器时代的洞穴，有迪厅和Rock-‘n’-Roll-Bar。里面的服务员都只穿着一块遮羞布，脸上还涂着油彩，扮成野人来给你提供热情周到的服务。

An der StraBe Richtung Kata/Karon；☎ 0 76/34 13 10；芭东以南大约4千米处

人妖表演

Simon Cabaret

▶ P.53，a/b4

完美灯光音效打造出的视听盛宴——（国际化的表演）“Cabaret international”，这里精彩的人妖表演是普吉岛上公认的优秀剧目。需要提前预订。

100/6-8 Moo 4，Patong-Karon Rd.；☎ 0 76/34 21 14；$ 500泰铢

服务

租车

最让你气恼的就是租车公司总是将崭新的车放在街边作为诱饵，还标着不可思议的超低价。而最终租给你的汽车却是不折不扣的“老爷车”，相当老旧，令人有点失望。

公共交通

公交车

沿着主要街道奔跑的大多是一种小型公交车，上车之前你一定要和司机谈好价格，这是一项简单且必要的工作。

载客汽车

Songthaew

由卡车改装而成的汽车会定期开往普吉镇。

周边旅游景点

◎ Kathu ▶P.116，C7

这个小村庄原先是开采锡矿的中心地带，直到今天在这里定居下来的中国人还能回忆起往昔的情景。那时中国人被当做廉价劳动力在危险的矿井中工作。从主街道向北岔开的大街前行，就能到达Kathu Waterfall（Kathu瀑布），它位于一小片热带丛林中，你可以在瀑布周围的森林或是种植园中漫步。

🏠 芭东东北方向大约8千米处

景点

蹦极跳 Jungle Bungy Jump

从大约50米高的跳台上自由落下，这是一项极具挑战性的运动，如果你喜欢这种刺激，那你就来对地方了。即使坐在餐馆里观看那些人蹦极也是很开心的事情。

🏠 61/3 Wichitsongkram；☎ 076/32 13 51；🌐 www.phuketbungy.com；🕘 9:00～18:00；$ 每次蹦极跳是2100泰铢

Phuket Waterski Cableways Park

从1995年开始，瀑布附近的湖面上就开放了滑水运动。景区设置的绳索最多可以同时拉着15个人在水上滑行（年龄至少5岁以上）。

🏠 86/3 Moo 6 Soi Kathu Waterfall；☎ 0 76/20 25 25；🕘 30分钟；$ 300泰铢

Baan Rim Pa Piano Bar & Restaurant（▶ P.53）的优势是显而易见的：开阔的视野，美景尽收眼底，不仅如此，欣赏美景的同时还能享受美味。

卡塔/小卡塔

Kata Yai/Kata Noi ▶ P.118，B10

6000/8000居民

地图▶ P.61

一个丘陵密布的岬角将卡塔海湾的两处海滩分开了，小卡塔海滩是海湾上安静的一角（“Noi”的意思是小），与之相对的是，临近的卡塔海滩则热闹非凡（“Yai”的意思是大）。

这处海滩开发得很彻底，但并不是指建造了数不清的碍眼建筑物，而是经过了很好的规划，让这些建筑物与自然风景很和谐地融为一体，既不含蓄低调，但也不像芭东那样喧闹张扬，它只是静静地向游客展示它别样的美。在小卡塔海滩占垄断地位的旅店是Katathani，入住率很高。简易的单层小楼则是卡塔海滩数量最多的旅店形式。卡塔海滩是公认的水上运动乐园，在这里你可以玩冲浪、帆船、潜水、水上拖伞或者开着喷气式滑水车在海面上驰骋。总之，在这里可以找到任意一种水上运动，保证让你尽兴。

这里供你选择的潜水学校也很多，并且提供的课程有许多语种，教练都有着国际认可的水下运动证书。特别值得一提的是，适合潜水的地点是在两处海滩之间的海岬附近——在卡塔海湾的北边和Ko Pu前面的区域。

尽管乘坐这种载客汽车难免会吸入一些汽车尾气，但在芭东（▶ P.49）这种交通工具不仅价格合适，而且是一次永生难忘的乘坐体验。

像普吉岛的其他几个海滩一样，卡塔海湾附近的区域在季风时节也会出现较猛烈的海浪，有时还会有危险的海底暗流。

景点

美术馆
The Boathouse Gallery

▶ P.61， b2

这里总有国际或是当地艺术家的展览，并没有统一的主题，展品也是来自各个艺术领域，有绘画、摄影、雕塑等，随时都是最新颖、最有趣的。

2/2 Patak Rd.；☎ 0 76/33 00 15；$ 免费

恐龙公园
Dino Park

▶ P.61，b1

在玛丽娜村舍（Marina Cottage）里根据“侏罗纪公园”建造而成了一座新的冒险乐园，在里面可以打小高尔夫球，还可以看到很多恐龙。除了以上这些，这里还有一个食品售卖中心。

10点以后；$ 200泰铢

观景点
Viewpoint

▶ P.61，c3南

向卡塔海湾以南走几千米就到达一条能直接看到整条海岸的大街，这儿的视野虽然不错，但还是不如在蓬贴海岬看到的大海和海岸的景致好。但是在这里欣赏日落是个不错的选择，因为这里相对安静，氛围很浪漫，视野不会被持续不断匆匆走过的路人打扰。

散步

如果要游历完两个海滩，一般情况下都会让你大汗淋漓，因为在卡塔和小卡塔海滩之间有一个小山丘是必须要翻越的，因此走这条路还是要耗费一定体力的，为了节省精力，至少要搭乘一辆嘟嘟车或是出租车。

你最好将散步的起点选在海湾南端的Kata Thani酒店。首先，要沿着沙滩走出酒店的大门来到大街上，这也是唯一的一条路。紧接着就要翻越满是植被覆盖的海岬了。其实登山的强度不是很大，但出汗是一定的，主要是由于普吉岛本身的湿热气候造成的，不过出这一身汗也是值得的，登上顶端你就可以俯瞰整个海湾的美景了。沿着这条街向下，就到了卡塔海滩，在下一个岔路左转。向右的话就是朝着几千米外的奈汉海滩去了。

在船库旅店（Boathouse Inn）你需要做出选择：是继续沿着沙滩漫步，还是更愿意逛街，路过那些时装小店、酒吧、餐馆等。如果很难抉择，不如先在Boathouse Inn的酒吧里喝上一杯冷饮。还有一个建议供参考，就是你可以先沿沙滩走，然后再返回来逛街。

卡塔海滩是依托旅游业建立并成长起来的。酒馆和餐厅的菜肴来自五湖四海，旅游社和纪念品商店一个挨一个地排列着。值得一提的是这里的潜水服务和各种各样的海上运动。总之，这里是针对年轻游客设计建造的。

在海湾的最北端可以看到小珊瑚岛Ko Pu和KapSai海岬，它们将这个海湾和邻近的卡伦海湾分开了。

大约一个半小时

你知道吗？

这句“mei pen rai”（不值一提/没关系）在泰国的使用率极高，几乎每当遇到尴尬的情况时都可以用来帮助保住面子。

住宿

小卡塔海滩

卡他泰尼海滩度假村 Katathani Phuket Beach Resort

▶ 绿色出行，P.19

Kata Noi Club

▶ P.61，b/c4

朴实无华 位于海滩南端，是一幢具有热带风情的简易小楼。

3/25 Patak Rd.；0 76/33 01 94；20间客房；€

Kata Noi Riviera Bungalows

▶ P.61，c3

实用 虽朴素但不失整洁的一栋单层别墅，唯一令人有点遗憾的就是不坐落在沙滩上。

3/21 Patak Rd.；0 76/33 07 26；35间客房；€

卡塔海滩

卡塔海滩度假村 Kata Beach Resort

▶ P.61，b/c2

棕榈树下的奢华 酒店直接建在沙滩上，里面有各式各样不同装潢的豪华房间，当然价格也各不相同。

5/2 Patak Rd.；076/33 05 30；www.katagroup.com；共有267间客房；€€€€

Mom Tri' s Boathouse Inn

▶ P.61，b2

无拘无束 布置得非常漂亮的房间，还有一个惊喜就是它紧靠沙滩。

2/2 Patak Rd.；0 76/33 00 15；www.theboathousephuket.com；36间客房；€€€€

Kata Garden Resort

▶ P.61，b1

泰式风格的房子 建于山坡上的大花园之中，酒店配备齐全，气氛舒适悠然。

121/1 Moo 4 Patak Rd.；0 76/33 06 27；www.katagardenphuket.com；53间客房

Peach Hill Hotel & Resort

▶ P.61，b1

地处漂亮的小山之上 舒适的房间，美味的餐厅，还有两个泳池，绝对是旅途中休息的好场所。这些都使这家酒店在同等价位中无人能敌。

113/16-18 Patak Rd.；076/33 06 03；www.peach-hill.com；211间客房；€€

饮食

船库

The Boathouse

▶ P.61，b2

海边风情 这家小餐馆提供来自世界各地的美食，周围就是帆船的停靠聚集地。

2/2 Patak Rd.; ☎0 76/33 00 15; €€€€

Lacanda
▶ P.61, c2

来自阿尔卑斯山脉的味道 热熔干酪等瑞士特色菜被端上餐桌，对于那些并不是十分想要尝试阿尔卑斯山菜肴的人们来说，在这里同样也可以享用到泰国美味。

117/1 Patak Rd.; ☎0 76/33 00 87; €€

龙虾和对虾
Lobster & Prawn
▶ P.61, b1

这是一档节目的名字 在Lobster＆Prawn的菜单上重点推荐的是新鲜的泰式海鲜，还有中式菜肴，让宾客的选择更加丰富。这家餐馆还推出了一项特别服务：5千米范围内可以免费送餐。

114/28～29 Kata Centre; ☎0 76/33 06 19; €€

Two Chefs Bar & Grill
▶ P.61, b2

风味荟萃 餐馆名字中的两个"chefs2"指的是Billy和Daniel，厨师及服务员都会尽其所能地提供最优质的服务。这里不光有泰国的特色菜还供应来自斯堪的纳维亚半岛和Tex-Mex（墨西哥裔美国人烹饪的食物）美味。

5/6 Moo 2 Patak Rd.; ☎076/28 41 55; €€

Las Margaritas Grill & Cantina
▶ P.61, b1北

泰国的Tex-Mex 在这里可以品尝到最正宗的墨西哥风味，但也提供最新的加利福尼亚风味菜肴，或是欧洲口味的菜品，当然也少不了泰式风味的美食。

33/99 Patak Rd.; ☎076/39 62 17; €/€€

一项非常有乐趣的娱乐项目：就是在Kathu瀑布下冲凉（▶ P.55）。

购物

好地球书店
Good Earth Book Shop
▶ P.61, b1

这里有许多语种的二手图书，细细品逛说不定会淘到宝书。除此之外，还可以在这里品尝到朱丽叶（Julie）自制的蛋糕、咖啡或是茶，让你在这书香中悠然度过美好时间。

Kata Centre, 114/52 Patak Rd.

夜生活

Anchor Pub
▶P.61，b1

典型的英式风格酒吧，可以玩飞镖或是看世界各地的体育赛事转播。这里还提供欧式早餐和小吃。

Kata中心区，109/9 Moo 4，Patak Rd.；9:00以后

Bluefin Tavern
▶P.61，b1

电影，啤酒，典型的美式小吃标志出它是“Kata唯一的美式酒吧”。

Kata Centre,111/17 Taina Rd.；11:30以后

The Gallery
▶P.61，b2

享受着美酒，欣赏着美景，还有现场音乐助兴——这些满足了热带沙滩上理想夜生活的所有条件。

The Boathouse ,2/2 Patak Rd.；12点开始

服务

咨询处

卡塔服务中心
Kata Centre Service
▶P.61，b1

提供信息咨询、航班确认，跨洋电话以及收发传真等服务。

Kata Centre Rd.

周边旅游景点

◎卡伦海滩
Karon Beach
▶P.118，B9/10

几千米的沙滩，一条海滨大街，矗立的酒店很少，位于环形交通枢纽的附近。和芭东相比这里更加得惬意悠闲，只是偶尔发出的汽笛声会打破这份宁静。蓝天白云、海风习习、水清沙幼，这里有一切大海的元素。除此之外，卡伦海滩的娱乐项目也很多：喷气式滑水车、帆伞、滑水、冲浪。这些运动都十分受欢迎，而且在下雨天尝试会更加刺激。因为这个宽广的海湾提供的空间足够大，所以不用担心游泳的人会和水上运动者相互妨碍。了解本土文化，仅仅局限在酒店中的民间表演，毕竟这个地方是随着酒店的建立而慢慢发展起来的，现代化的气息冲淡了传统生活的价值观。这里十分适合想要安静地享受假期的人，而且还可以自己租辆车，到周边地区自驾一日游。

卡塔/小卡塔以北大约2.5千米

住宿

希尔顿阿卡迪亚度假村
Hilton Phuket Arcadia Resort & SPA

堪称完美 这座豪华酒店的圆形建筑物在海湾上格外引人注目，隐藏在花园中的酒店散发着迷人的光彩，除酒店主体建筑外，还有很多侧翼厢房式的建筑。当然泳池也是必不可少的配套设施之一。不管是寻求安静的日光浴爱好者还是活跃的家庭出游团，都能在这里享受到很好的服务。每个人都能在这儿找到归属感。要想体验绝对放松的SPA就要去宽敞的SPA区，这个SPA区是于2006年酒店在自己湖面的一个小岛上建设成立的，在这里只需适当的价格就可以让你拥有顶级的服务。

333 Patak Rd.；☎ 0 76/39 64 33；www.hilton.com；共有685间客房；€€€€

普吉岛艾美海滩度假村
Le Méridien Phuket Beach Resort

十分僻静的地段 这座度假村坐落于卡伦北部的专属小海湾里，与周围的景色和谐地融为一体，让人在享受现代化设施的同时，有机会亲近大自然。度假村不光提供最舒适的住房，酒店还有自己的潜水和帆船学校，并且还有一个富丽堂皇的热带泳池区。

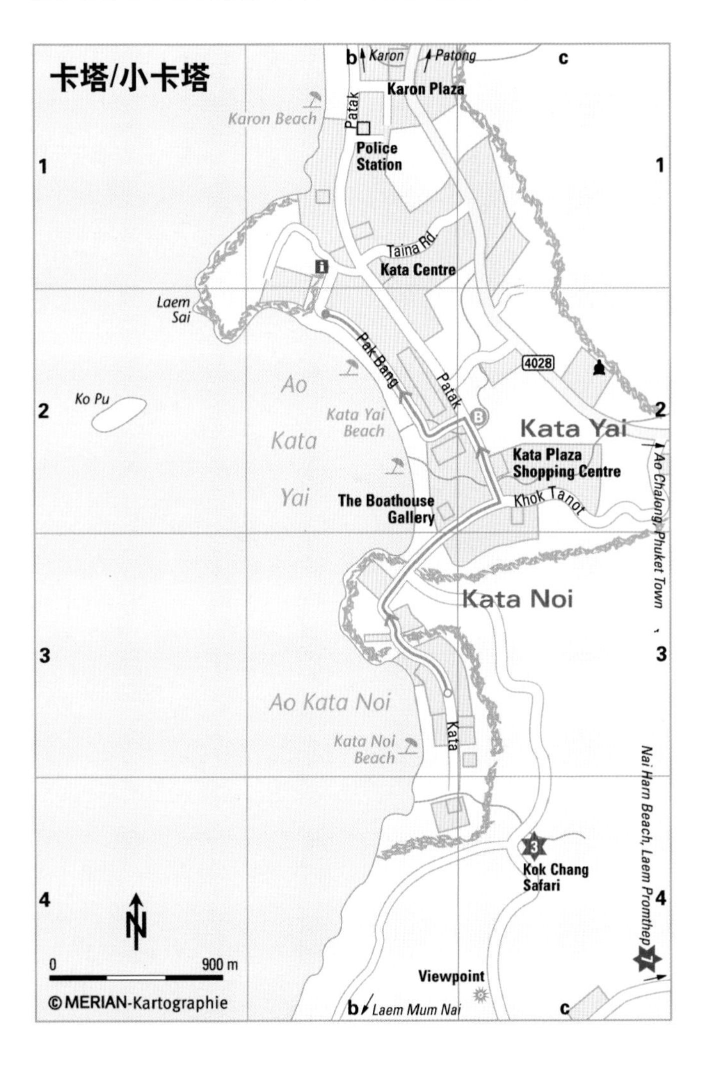

普吉岛艾美海滩度假村（▶ P.61）将现代奢华与泰式调很好地结合了起来，并在2008年获得了“普吉岛最佳度假村”的称号。

8/5 Tambol Karon Noi；0 76/37 01 00；www.star woodhotels.com；共有470间客房；€€€€

Marina Phuket

中心地段 该酒店坐落于茂盛的热带植被中，环境清幽。酒店设施现代舒适，整体设计也新潮时尚，不愧为最现代的建筑之一。

119 Moo 4；0 76/33 06 25；104间客房；€€€

Ramada Resort Phuket

邻近喧闹的地方 这座已经有些年头的酒店坐落在海湾北部的居民点旁边。外观虽陈旧，但服务毫不马虎。

568 Patak Rd.；0 76/39 66 66；www.ramadaphuket.com；119间客房；€€€

Golden Sand Inn

小型但精致 小巧、舒适、干净的酒店，就坐落在市中心附近。

8/6 Moo 1；076/39 64 9；www.phuket.com/goldensandinn；74间客房；€€

My Friend House

家庭中转站 正如店名一样，酒店整体氛围很温馨，有如在家中一般自在、愉悦。房间的设计风格和装饰布局都很好地烘托出良好的家庭氛围。

36/6 Patak Rd.；076/39 63 44；共有47间客房；€/€€

餐饮

Thai Thai

传统食品 在安静的传统氛围下享受出色的带有地域特色的烹饪。

333 Patak Rd.；☎ 0 76/39 64 33；€€€€

Al Dente

专门为喜欢意式美食的人准备 好吃的意大利比萨和肉酱面。

35/7–8 Patak Rd.；☎ 0 76/39 65 96 ；€€€

Old Siam

带有文化特色的饮食 在一个传统村庄的环境里吃着很棒的泰国美食，还能欣赏大海的美景。

311 Patak Rd.（紧挨希尔顿阿卡迪亚度假村）；☎ 0 76/39 60 90；€€€

Angus O' Tools

朴素的氛围 爱尔兰人开的酒吧和餐馆，提供欧式菜肴。

316/20 Pata Rd.，Soi Islandia；☎ 076/39 82 62；€€

Bondeli

咖啡馆 在柜台中总有新鲜烘焙的糕点、蛋糕和咖啡出售。

33/93 Patak Rd.；☎ 0 76/39 64 82 ；€€

Karon Café

国际品位 位于卡伦的环形交通枢纽处，这里有十分好吃的煎肉排。当然也为那些胃口小的人准备了沙拉和三明治。

Am Kreisverkehr in Karon；☎ 0 76/39 70 01；€€

The Little Mermaid

北欧人特选 斯堪的纳维亚半岛的美味配以泰式菜肴，当然少不了嘉士伯啤酒。

36/10 Patak Rd.；☎ 0 76/33 07 30 ；€€

Patrick' s Belgian Restaurant

本地菜肴 有来自比利时和世界其他各地的美食。你一定要尝一尝“kaaskroketjes”和“stoofvlees met frietjes”。

33/45 Patak Rd.；☎ 0 76/39 64 49；€€

购物

Kairali

羊毛的手织品 丝绸和其他纪念品一应俱全，不愁找不到合适的。

89/17 Patak Rd（邻近Post）

Srirung

由檀香木和柚木制作的木雕、青铜器和Sandsteinskulpturen。当然这些艺术品价格不菲。

64/28 Karon Plaza；10:00～23:00

Ko Pu

▶ P.118，B10

这座位于卡塔海湾西北部的小珊瑚岛是潜水者最喜欢的旅游目的地之一，你可以租船或是跟随旅行团到海上待几个小时，游泳休息都可以。需要提醒的是不管怎么样都要记得带防晒产品和饮料。

卡塔/小卡塔海滩以西800米处

南部和东部海岸

相比西部海岸的喧嚣，人们会发现这里的海滩虽然沙质较粗，但却更加宁静。除此之外，周围还坐落着许多热带岛屿。

◀皇家普吉游艇饭店（The Royal Phuket Yacht Club）（▶ P.67），位于奈汉海滩，是普吉岛最好的观景饭店。

北部和西部海岸

普吉镇及周边地区

南部和
东部海岸

与西部海岸生气勃勃的生活相比，普吉岛的南部和东部海岸则相对比较安静。南部的海滩很少被开发，一方面是因为这里远离机场和普吉镇，另一方面则是因为这里地形崎岖，海湾狭小，不适宜大面积的人口居住。这里的海滩非常美丽，却不像芭东海滩那样人满为患。此外这里风景怡人，非常值得一游，特别是对于那些想享受舒适无压力旅行的游客来说，这里绝对是旅游的天堂。

而东部地区却又是另一番景象，这里沙质粗糙\海岸平坦，因为缺少急流，因而泥沙淤积较多。此外海上繁忙的交通也使这里的海景稍显逊色。尽管如此，这里还是有值得一看的旅游景点，如散落在海中的岛屿。

奈汉海滩

Nai Harn Beach ▶ P.118，B11

6000居民

普吉岛西海岸最南端的海滩位于Laem Mum Nok和最受欢迎的蓬贴海岬之间的深水湾。由于这里相对僻静，因此这片海滩可以说是环球旅行者和“避世者”的世外桃源。20世纪80年代中期，豪华旅行的出现使人们意识到这片海滩的价值，于是在这里建造了皇家普吉游艇饭店。今天这个极其奢华的度假酒店覆盖了普吉岛这一整片区域。这里全年都聚集着来自世界各地的赛艇爱好者，高潮是每年的12月份在这里举办的“泰王杯船赛”（Kings-Cup-Regatta）。崎岖的海岸、小的丛林以及被橡胶园所覆盖的腹地，非常适合远足和骑马旅行（Crazy Horse Club距离海滩只有约两千米）。喜欢沙滩和大海的朋友一定会在这里得到满足。在旅游的旺季，当海湾的北部聚集满游艇俱乐部（Jachtklub）的客人时，海滩的南部则笼罩在一片宁静之中。几乎所有未被开发的海滩都位于游艇俱乐部的北部和奈汉海湾的南部。每天傍晚红通通的太阳西沉入海的时候是最浪漫的时刻，这里的日落可以和相邻的蓬贴海岬的日落相媲美。因此这片海湾也是那些寻找浪漫和安宁的游客的最佳选择之一。在这里他们不用与

每天都能在蓬贴海岬（▶P.66）看到这样重复的景象：人们聚集在这里，等待美丽的日落。

成百上千欢呼雀跃的游客分享这一美妙的夕阳景色。但是这里没有夜生活，所以建议那些想留下丰富经历的游客只能把奈汉海滩作为旅行远足的目的地。

你知道吗？

位于普吉岛最南部的蓬贴海岬被认为是观赏安达曼海美丽落日的最佳地点。

景点

蓬贴海岬 7
Laem Promthep ▶P118，B11

每天晚上都有上百名的当地居民和游客来到普吉岛最南部的Löwenkap，观赏壮丽的落日景观。可移动的餐车和饮料摊为这些观赏者提供食物和饮品。在观赏点的不远处还有一个小的寺庙，泰国居民在这里祈求转运。

寺庙

这座距离海滩只有几米远的佛寺坐落在一片森林之中，由一个仍然遵照佛教传统生活的和尚看护。这位和尚喜欢向那些对佛教感兴趣的人讲授佛教教义。

散步

在奈汉海滩环形旅行或是沿着街道将那些著名的景点参观一遍是不可能的。但是你可以沿着沙滩漫步到丛林海滩度假村（Jungle Beach Resort）或者经过一个半小时的路程到达蓬贴海岬。

从皇家普吉游艇饭店出发，开始一次美好的散步。穿过酒店的通道和大厅，步行几百米之后沥青马路消失，取而代之的是坑洼不平的小路。

通常情况下，沿着海滩散步就能对普吉岛上的植物有进一步的认识与了解。有时候游客们能够看到小的蜥蜴，幸运的话还能够看到蛇。海鸟在海面上空轻盈地盘旋飞舞，海风拂过树林，树叶沙沙作响。最后这条沙滩小道通向由低矮植被和橡树园组成的森林。

到达丛林海滩度假村之后，你可以边喝冷饮，边欣赏美丽的海景，精力得到恢复后，你只需沿着通向海滩东部的街道，即可回到游艇俱乐部。在这片海滩后面的街道上坐落着一座小的庙宇，里面有一个和尚喜欢向那些对佛教感兴趣的人讲授佛教教义。距离寺庙几米远的地方有一处湖泊，湖内有许多青蛙，一到夜里这些青蛙就会呱呱地叫。

过了这个湖泊之后，有两条岔路：如果你想去蓬贴海岬，那么你需要走右边的这条，之后右转然后再左转上山，这条路一直通向蓬贴海岬。傍晚时分人们能在这里看到猴子甚至蛇，它们躺在街道上晒着落日的余晖，为夜间活动吸收热量。在经过大约一个半小时的路程之后，最终到达目的地。在这里你能观赏到整个海滨美不胜收的景象。

🕒 大约两个小时

住宿

皇家普吉游艇饭店
The Royal Phuket Yacht Club

优越的地理位置 这是普吉岛最豪华的酒店之一。1996年被列入“世界精品酒店”之一。房间设施齐全，带有宽敞的阳台。从建在斜坡之上的酒店房间里可以观赏到壮丽的海景和蓬贴海岬美丽的景观。

23/3 Vise Rd.；☎ 0 76/38 02 00；www.theroyalphuketyachtclub.com；共有110间客房；€€€€

班卡丁丛林海滩酒店
Baan Krating Resort

海边的田园风光 乘坐出租车能够直接到达这个充满异国情调的酒店。

首先你们会驶过游艇俱乐部的“地下室”，别担心，你们并没有迷路。在小路消失的地方，热带丛林和小的沙滩海湾之间，游客们能够找到木制的小平房。需要特别注意的是一定要做好防蚊虫叮咬的保护措施。

11/3 Viset Rd；☎ 076/28 82 64；www.baankrating.com；共有65间平房；€€€

餐饮

La Promenade

味道正宗 中午和晚上提供精心挑选自地中海地区的美食，在露天的屋顶阳台观赏海景也是一种妙不可言的享受。

🏠 皇家普吉游艇饭店（▶ P.67）；☎ 0 76/38 11 56；€€€

Promthep Cape Restaurant

景色怡人 提供各类美味的鱼类菜肴和其他泰国特色美食。

🏠 位于蓬贴海岬的附近；☎ 0 76/28 86 56；€€€

The Quarterdeck

夜间田园风情 提供各式泰国及国际美食，特别是在晚上会推出特别的菜肴。

🏠 皇家普吉游艇饭店（▶ P.67）；☎ 0 76/38 11 56；€€€

L&L

欧式—泰式美食 该餐厅距离海滩不远处，游客可以伴随着池塘里的蛙鸣，品尝美味的比萨或是其他欧式美食。

🏠 27/31 Soi Naya；☎ 0 86/2 77 70 56；€/€€

Coconut Restaurant

物美价廉 提供当地和西式正宗的美食。

🏠 在进入皇家普吉游艇饭店（▶ P67）之前；€

购物

Boutique

在皇家普吉游艇饭店的Boutique里，游客可以买到各类纪念品、昂贵的名牌服装、传统的泰式丝绸装饰品和日常消费品（▶ P.67）。

Coconut

小店提供所有的日常用品、纪念品、报纸杂志以及明信片等。

🏠 在进入皇家普吉游艇饭店（▶ P.67）之前

夜生活

Regatta Bar

傍晚时分，太阳像一个通红的火球慢慢地沉入海中，这个时候最适合在这个酒吧喝上一杯。海浪轻柔地拍打着在桌子底下的岩石，海风微微拂过丛林的树叶和海面上的帆船。如果感兴趣的话，可以品尝一下这里爽口的冰镇饮品或是几款正宗的西式小吃。当每年举行“泰王杯船赛”的时候，国内和国际顶尖的帆船运动员就汇聚在这里。这时酒吧会变得更加有吸引力。

🏠 皇家普吉游艇饭店（▶ P.67）；☎ 076/38 11 56

服务

公共交通

载客汽车（泰国的一种由卡车改造而成的公共汽车）每年只有在旅游旺季的时候才会定期地开往普吉镇，平时游客们只能乘坐嘟嘟车、出租车或者酒店里的大巴车。

周边旅游景点

◎ 拉威海滩

Rawai Beach P.118，C11

位于东海岸的拉威海滩距离奈汉海滩只有几千米，这

泰国原住渔民（chao' le）（▶ P.69）（拉威海滩附近原住渔民）的孩子能够熟练地在水上和水中活动。

一延伸至海的美丽的拉威海滩周围遍布酒店、餐厅和纪念品小摊。

这里的水虽然比其他海滩的水要混浊，然而这里地势平坦，没有危险的大风浪。除此之外，这里还有一个优势：即使是在每年的季风时期，突出的海岬和无数海岛也能够保护海湾不受海浪的侵袭。因此在这里可以尽情放心地游泳。

当地人民的生活还没有受到大规模旅游业发展的影响，风景如画的小寺庙Sawang Arom坐落在距离通向普吉镇主道不远的小路上，被一片棕榈树掩映着。海滩的东部是“chao' le”（泰国原住渔民）的聚居地。棒棒糖是游客们参观某一地区，用来摆脱沿途乞讨的孩子的必带小礼品。

⌂ 位于奈汉海滩东部约4千米

景点

腰果树

在查龙湾和拉威海滩之间主干道的东部种植了许多腰果

普吉岛埃维森度假酒店（▶ P.19）酒店露天阳台的风景，在拉威海滩度假，这里将是你的不二选择。

树，每年三四月份的时候，熟透的红色果实会从树上掉落下来。每一个果实下面都挂着一个弯曲的果仁。将果仁烘干之后就是最受欢迎的小零食。普吉岛上收获的腰果是东南亚地区品质最好的，也是非常好的特色产品。

住宿

普吉岛埃维森度假酒店 Evason Phuket & Six Senses SPA

▶ 绿色出行，P.19

简单干净 设施齐全，直接靠近海滩，地理位置优越。

24/24 Viset Rd.；☎ 076/38 13 46；www.siamphuketresort.com；50间房；€€

饮食

Baan Had Rawai

正宗的泰国美食 这一地道的泰国海鲜酒店位于沙滩的最南部。

Rawai Beach；☎ 0 76/38 38 38；€€

Don' s Café

美味的BBQ 1997年老板Don和他的团队烹调出美味的煎炸和烧烤类美食，在这里能够品尝到正宗的美式和墨西哥味的菜肴。

48/5 Soi Saiyun；☎ 0 76/28 93 14；www.phuket-dons.com；€€

购物

Don' s Mall

Don' s Café（▶ P.70）内

有一个大型的超市。游客们可以在里面购买到想要的所有东西，特别是欧美产品，更确切地说，是西方的食品，如美国上等的葡萄酒。

48/5 Soi Saiyun；☎ 0 76/28 93 14

查龙湾

Chalong Bay ▶ P.118，C10

6000~8000居民

温暖的海风轻抚过大海和沙滩，也吹动着棕榈树的枝叶沙沙作响。偶尔人们还能够听到椰子掉落在地上发出“扑通”的声音。作为背景的车行道上，行驶的载客汽车（一种被改造过的用于公共交通运输的载重汽车）和高速运转的摩托车发出“吱吱嘎嘎”的声音。远处汽艇发出的“嘟嘟”声以及帆船上绳子拍打桅杆的声音响彻海滩。然而这些声音并不让人心烦，相反却和这里的景色融为一体。

一直以来，查龙湾就是岛上渔民驻扎的地方，时至今日这里依旧是船只的停泊区。唯一不同的是，无数行驶在亚洲和澳大利亚之间的帆船船员也会在这里临时休息。于是在这里的小酒吧中能够看到许多不同地方的海员出现在沙滩边。这些海员在棕榈树下喝酒，在沙滩或者船只停泊处晒太阳，仿佛只出现在冒险传奇中的这一情景，在这里却成为现实。这里曾经就出现过暂停的船只招募船员的情况，当然这样的机遇只产生于沙滩酒吧和餐厅里人们之间的闲聊中。

这里虽然风景如画，但海上活动条件并不理想：沙滩不是很宽广。因此这里并不适合游泳，也不适合其他水上运动。退潮时，海水大面积的退去之后，只剩下淤积的泥沙。然而这里也有两大为人所熟知的优势：这里不适合游泳，所以人不是很多，相对比较安静；此外，从这里可以包船前往普吉岛东南部的一些小岛如拉查岛（Ko Raya）、皮皮岛（Phi Phi Islands），非常方便快捷。

景点

对虾养殖场

船只停泊区的东部，临近沙滩的地方有几处养殖场。在那里你可以看到一大池一大池饲养的对虾。养殖场并不对公众开放，因此如果你想要入内参观，只能请求当地养殖场的负责人，在首肯之后才能入内参观。

住宿

Baan Kiki

中心位置 这一现代时尚酒店靠近码头和交易中心。

Moo 10 chaofa(西)Rd.；☎ 0 89/5 86 10 98；www.phuketdir.com/baankiki；4间客房和两栋平房；€€€

Golden Tulip Mangosteen Resort & Ayurveda SPA

棕榈树丛间的舒适惬意 这一美丽的酒店坐落在一处小山之上，内部配有游泳池。

99/4 Moo 7, Soi Mangosteen; 0 76/28 93 99; www.mangosteenphuket.com; 共有40间客房; €€€

Friendship Beach Watefront Resorts

简单舒适 一处开阔的场地之上的几栋小但却舒适的简易平房。

27/1 Soi Mittrappab; 0 76/28 89 96; www.friendshipbeach.com; 共有20间平房; €€

The Green Man Pub

棕榈树下的英国风情 这种类型的房子在英国随处可见，只是周围没有棕榈树和海滩。对于那些想要尝试英式啤酒、高级香烟、上等葡萄酒以及英式美食的游客来说，这里是最佳的住宿地点。

82/15 Moo 4, Patak Road; 076/281445; www.the-green-man.net; €€

餐饮

Kan Eang（1和2）

普吉岛必去之地 在海湾的两端各自有一个餐厅，品尝这里的海鲜菜肴是来普吉岛的必做之事。你可以尝试一下蒜蓉炸蟹（“Poo nim thot grathiam”）或者是这里的特色菜“Phuket lobster”。餐厅接受预订。

Kan Eang 1: 44/1 Vises Rd.; 0 76/38 12 12; €€€
Kan Eang 2: 9/3 Chaofa Rd.; 076/38 13 23; €€€

Jimmy's Lichthouse Bar &Grill

海员聚会地点 这里聚集着来自不同国家的海员，或是在这里吃饭，或是喝酒。这里提供西式和泰式菜肴，人们可以在这里饱餐一顿。如果你能在这里讲述海员冒险故事，那么可以免费用餐。

45/33 Chao Fa Rd.; 0 76/38 17 09; €€

Loma Restaurant

烧烤食物 这个小型的家庭式餐厅提供可口的德国菜肴，对于喜爱德国菜肴的游客来说是一大惊喜。

Chalong circle; 0 76/38 19 42 €/€€

购物

在船只停泊区和海边街道的小摊、商店里，你可以购买到纪念品和T恤。

Cobra Windsurfing/Sea Sports

这里人们可以购买到各种水上运动装备，同时也可以预订帆船。

1/11-12 Viset Rd. /Chalong Bay Rd.

Mook Phuket

游客们可以在查龙港附近挑选珍珠和其他饰品。可免费送到酒店。

65/1 Jhawfar Rd.; 0 76/21 37 66; www.mookphuket.com

Phuket Seashell

这里出售贝壳、蜗牛、海螺壳以及野生的乌贼、章鱼等。最令人记忆深刻的是芋螺的壳，这种贝类的毒刺对于人类来说是很危险的。

12/2 Moo 2, Viset Rd.

夜生活

Anchor Inn

已经加入和想要加入“游艇港湾”（Jachthafen）的人们聚集在这里。除了饮品之外，还有来自德国和泰国的各式可口的小零食。

Chalong circle；☎ 0 76/28 13 29

服务

咨询处

在船只停泊处有一个小的信息亭。旅游旺季时游客们可以在这里咨询船的出发时间、酒店的住宿情况，以及有关潜水和浮潜的信息。公共汽车和出租车也从这里出发。

游艇旅行

勤劳的船员一直在岸边等待，将客人们送往前面的小岛游玩。包船（大约500泰铢）大约两个小时可以到达小岛。

体验钓鱼

这里有约13.5米的快艇“Reel Hooker”可供使用。

Ao Chalong；☎ 0 76/28 15 10

周围旅游景点

◎ 大象花园 Elephant Garden

▸ P.118，C19

骑大象这一项目受到越来越多的游客喜爱，因此1996年在查龙寺附近开放了一条新的骑象跑道。这一条短道上虽然

位于查龙湾的Golden Tulip Mangosteen Resort & Ayurveda SPA（▸ P.71），如仙境般的房间，是由室内装饰设计师John Unterwood设计的。

普吉岛上最著名的寺庙——查龙寺（▶ P.75），寺内供奉着在19世纪制止了流血冲突的高僧的塑像。

铺满了草，但游客们在骑象的时候仍然会感到剧烈的摇晃。

Tambon Chalong（位于查龙湾以北大约3.5千米处）；☎ 0 76/28 12 81，280444；$每趟花费大约在300泰铢左右

◎ Ko Hay

▶ P.119，D11/12

这两片圣洁的白色沙滩位于普吉岛东南部被森林覆盖的小岛之上。岛的周围环绕着珊瑚礁，因而这座岛又被叫做“珊瑚岛”，与其他岛屿相比，这里非常适合游泳和潜水。游客们可以在查龙湾的船只停泊处租船游览。每个人的花费大约在400泰铢。

位于查龙湾南部大约10千米处

住宿

Coral Island Resort

海岛风情 在这里可以享受到不受打扰的私人海岛舒适生活。乘坐快艇只需15分钟即可到达酒店，乘坐普通的小船则

需要35分钟左右。

Ko Hay 酒店预定：48/11 Chaefa Rd.；☎ 0 76/28 10 60；www.coralislandresort.com；共有64间客房；€€€

◎ Ko Lone

▶ P.119，D10/11

这座岛屿位于查龙湾的东南角。柔白的沙滩，翠绿的森林以及大片的种植园（主要种植橡胶树）构成了一幅美丽的图画。那些想远离普吉岛繁华喧嚣的游客，可以来这里居住。乘坐小船每段路程大约20到30分钟，每人的花费大约在300泰铢。

位于查龙湾东部大约8千米处

住宿

Baan Mai Cottages

蜜月旅行 这里精致舒适的单层楼房受到蜜月夫妻的青睐。

Ko Lone，35/1 Moo 3；☎ 0 76/73 52 021；www.baanmai.com；10间平房；€€€€

Cruiser Island Resort

宁静的热带天堂 沙滩的一处花园中坐落着几件非常漂亮且格调高雅的单层楼房，内有大的游泳池、一间美食餐厅，酒店服务细致周到。但在这里消费要记得讨价还价。

Ko Lone；☎ 0 76/38 32 10；www.cruiserislandresort.com；€€€€

◎ 拉查岛 8 Ko Raya

▶ P.118，C12南

Ko Raya 群岛位于普吉岛南部25千米处，从Ao Chalong或拉威乘快艇出发要45分钟才能到达。两座主岛大拉查岛（Ko Raya Yai）和小拉查岛（Ko Raya Noi）都是非常受欢迎的潜水、浮潜以及钓鱼区。除此之外，大拉查岛有较好的游泳条件以及圣洁的海滩。在非季风时节游客们可以在拉威租一条船来这里游玩。每条船大约2000泰铢。

位于查龙湾南部大约25千米处

◎ 查龙寺 9 Wat Chalong

▶ P.118，C9

查龙寺是普吉岛上规模最大、最负盛名的佛寺。每年都有上千名当地信徒和游客来此参拜。1876年矿工们发动了反对大地主的叛乱，最后将矛头直指当时的国王Rama v.。当时的流血冲突就发生在查龙寺。当时的住持銮坡茎（Luang Po Chaem）和銮坡庄（Luang Po Chuang）成功地阻止了反叛的人民。连国王也赞赏他们的功绩，从此他们声名远播。

你知道吗?

脚掌在泰国被认为是不干净的，因此在这里不允许将脚对着别人，也不允许对着国王的画像。

查龙寺中不仅供奉着全身贴满金箔的佛像，同时供奉的还有这两位高僧的塑像。需要注意的是：在这里要遵守应有的礼节。也就是说，游客们只有在事先得到允许的情况下才能够拍照。除此之外游客们也不能够随意碰触寺内的僧侣。

位于查龙湾北部3.5千米处

普吉镇

这绝对是一个很有魅力的城市，不过很少有风景名胜。反倒是20世纪装饰精美的建筑和现代化的玻璃幕墙装点着这座城市。

◀ 普吉镇（▶ P.77）是喧哗和娱乐之镇。街上有来自不同国家和文化国度的游客。

北部和西部海岸

普吉镇及周边地区

南部和
东部海岸

普吉镇

Phuket Town ▶ P.117，D/E8

约80 000居民

地图 ▶ 封三

普吉镇（muang phuket）是泰国的一个省会，四周环绕着优美的沙滩，虽然还没有建成完善的旅游基础设施。尽管如此，这个小镇还是值得一游的。

很早之前，普吉岛北部就开发了锡矿，普吉镇也因此而变得富有。长期以来塔朗是普吉岛最重要的城市，也是普吉岛的省会之一。相对普吉镇的喧闹和繁华来说，这里就宁静很多，镇上住着很多锡矿主。

从20世纪保留下来的不仅仅是建筑艺术，还有那些忙碌的生活气息。在这里你能感受到亚洲生气勃勃的生活。

这里离海港较近，所以很多商铺都从塔朗搬到了普吉镇。装饰精美，拱门繁多的建筑是在21世纪建成的，装点着这个城市。这些建筑是仿照普吉岛附近的马六甲和槟榔屿的中世纪葡萄牙的建筑风格建造的。泰国从来不是一个殖民地，但是与马来西亚境内的殖民地有密切的贸易往来。

普吉镇也有现代化的痕迹。这座镇上的高楼大厦不仅通过19世纪的建筑，还会通过玻璃幕墙呈现出来。

“嗒嗒”的摩托车在拥挤的街道上飞驰。陈旧的黄包车悠闲地穿梭于拥挤的交通，小贩在街道旁的电动拖车上出售各种各样的美食。普吉镇代表着今天的亚洲，是文化交融的成果，是历史和现代的交汇，虽然还不是很成功，但是已经非常具有吸引力了。

景点

鳄鱼农场

Crocodile Farm ▶ 封三，d4

鳄鱼湖公园里有巨蜥、蛇、小型哺乳动物，其中一些还会给游客表演“摔跤节目”。除此之外还有形式多样的大象表演。这些当然会让孩子们很高兴，却会让动物爱好者很生气。

🏠 Chana Charoen Rd.；🕒 8:00～18:00；$ 100泰铢

普吉蝴蝶公园和昆虫世界（▶ P.33）里的白色树若虫（Baumnymphen）。

集市

▶ 封三，b3/d4

位于拉廊（Ranong）路和曼谷路口上的集市简直就是异域水果的世界。商贩们清早就会把摊位摆出来卖水果了。顾客在这里可以讨价还价，也可以免费品尝。建议你少买一点，毕竟水果新鲜的时候才好吃。

Ong Sim Phai路上的市场贩卖的则是蔬菜、肉类和鱼类，所以这里对于气味敏感的人来说显然不是个好去处。这里的摊位就是大家平常所熟悉的街边摊。你可以来这里散散步，品尝一下小吃。

普吉蝴蝶公园和昆虫世界

▶ 全家出游小贴士，P.33

琅山/考琅山 Rang Hill/Khao Rang Nail

▶ 封三，a1

站在普吉镇北部的小丘陵上可以俯瞰整座城市。傍晚的时候，体育业余爱好者聚集在这个公园里，还有那些在当地饭馆享用完一顿美味的晚餐之后想在浪漫的落日余晖中散散步的食客。

🏠 zufahrt über die khao Rang Rd.

Sanjao Kwanim Teng

▶ 封三，a3

这是最漂亮的中式寺庙之一，里面供奉着女神。墙面和门上装饰着彩色的图案，大量的彩色瓷石和祭坛上无数的贡品都很值得一拍。

🏠 拉廊（Ranong）路，Soi Phuthon的拐角处

Saphan Hin

▶ 封三，c5/d6

岬角在小镇的南部延伸到海里。一眼望不到头的石桥拱柱纪念碑（Saphan Hin Mining Monument）于1909年建成，是为了纪念澳大利亚的Edward Thomas Miles船长，他是第一个把采矿机器带到岛上的人。有了这些机器，人们才能开采锡矿，才有了普吉镇的富有。直到1980年初全球市场上的锡矿价格频频下跌，导致如今岛上

所有的锡矿开采都停止运行。

Saphan Hin也是一个休闲活动区，经常有喧哗的演唱会和聚会。拳击馆里定期会举行泰拳比赛。这个城区在“水灯节”期间尤其受欢迎，在此期间成千上万的人会把水灯放在木筏上，并用鲜花装饰好以后放到水中。（▶节日庆典，P.25）

泰国乡村和胡姬园

Thai ViUage und Orchid Garden

▶封三，a1北

成百上千朵盛开的兰花绝对能博得鲜花爱好者的眼球，这里的兰花，不管是野生的还是人工培植的都美得令人赞叹不已。旁边是泰国文化的舞台，民族舞、泰拳表演以及大象训练等，应有尽有。

⌂ Thepkrasattri Rd.，3km nördl.des；⏲ 9:00~18:30开放，表演时间在11:00和17:30；$ 650泰铢

Wat Charoen Samanakit

▶封三，c/d 1/2

这座小小的庙宇位于市法院后方，坐落在一片葱郁的树林间，美丽如画。从这里可以登上Khao Toh Sae山，俯瞰整座城市，美丽的景色尽收眼底。“圣殿”（bot）门上的金色装饰尤其引人注目。

⌂ Toh Sae Rd.

Wat Mae Yanong

▶封三，a3

事实上，这座中式庙宇叫Sanjao Ma Jor Por，于1863年建成，用来纪念护送守护女神的航海家，现在这里被信徒们供奉的是女神的雕像。

⌂ vichit Songkhram Rd.

散步

城市地图▶封三

以拉廊路（Ranong Road）上的太过航空公司为散步的起始站。这里还保留着20世纪初由锡矿主们建造的一部分老式别墅。由于普吉镇与马来西亚的槟榔屿向来有密切往来，所以城中好多建筑都是中世纪葡萄牙风格的，别有一番情调。

沿着Suriyadet环形交通线行驶，停靠在Yaowarat马路左侧。在第四栋房子的庭院里还能看到一幢曾经的锡矿巨头的别墅。Krabi马路的转角处向左转，站在马路的左侧，马路右侧的十桩市府机关办公大楼一览无余。华泰小学（Hua-Thai-Schule）是由一幢别墅改造而成的。学校旁边是一条狭窄的小巷，通向Yaowarat路。这里还能看到一口用缸砖砌成的古井。

继续沿着Krabi路走下去就会路过市医院。医院对面的两幢别墅中，一幢是全普吉镇最富丽堂皇的，它的主人叫Phra Phitak Chinpracha，是在此定居的槟榔屿人的第三代后裔。几年前有一部关于中国传统婚礼的电影就在这幢别墅中拍摄。接着走下去就可以走到塔朗路了。

NERIAN小贴士 8

Restaurant Kajok-See

▶封三，b3

这个不起眼的饭店是因为它浓郁的中国风味而出名。每道菜都散发着薄荷、椰子、罗勒和柠檬草的香味。桌上的每个人点不同的菜，这样大家就可以尝遍餐馆里的菜了。特色菜有：对虾米粉(Schrimps in Reisnudeln)、香辣柠檬汁拌薄荷鸡肉末(Minzehühnchen in scharfer Zitronen-und Kräutersauce)、芒果沙拉和野果咖喱海鲜(Meeresfrüchte in Kokosnuss-Curry-Mus)。欢迎预订。

普吉镇，Takuapa路26号；0 76/21 79 03；€€

这里完整地保留着最地道的普吉式建筑，偶尔也能看到一些现代化建筑。街道两旁开满了商铺，门上用中文、泰文和拉丁文标着名称。商品琳琅满目，从金饰到电子商品，应有尽有。街道右侧的20号商店的外墙上还留有古老的艺术的痕迹。这家商店的对面是Sin & Lee，自1940年起就专门出售舶来品。在塔朗路的中段，穿过Romathanee巷就可以通往Mongkol-Nimit庙。这条巷道很狭窄，环境也很糟糕，却反而成为越南题材电影的导演钟爱的布景。“好莱坞巷”的名称就是由此而来。

塔朗路和Thepkrasattri路交叉的十字路口的左侧是一幢1930年的老房子，墙面上描绘着各式的中式庙宇。走过攀牙路，来到Rasada路。在这两条路的交叉口，左侧是Thavorn酒店，接待厅设立在树丛中，厅内数不清的家具、照片等都讲述着普吉镇的历史。到达下一个十字路口，就来到了新的普吉购物中心。向右转，又会回到攀牙路。On On Hotel就在马路对面。这是普吉镇上的第一家酒店，建于1927年。这个粤语名暗含的意义为“舒适，愉快”。左手边又是Yaowarat路的起点了，在这里你可以叫到出租车。

1.5小时

住宿

大都会

Metropole

▶封三，a3

贵族酒店 南部总理酒店（Premier Hotel of the South）是该市最好的建筑之一，位于市中心。

1 Soi Surin, Montri路；0 76/21 50 50；www.metropolephuket.com；共有248间客房；€€€€

Thavorn Grand Plaza

▶封三，c4

高级商品酒店 气氛舒适，装修比较奢华，价格自然较高。

40/5 Chana CharoenRd.；0 76/22 22 40；www.thavorngrandplaza.com；共有150间客房；€€€€

Pure Villa

▶封三，a5西南

有家的感觉 位于普吉镇南部，装修简单但不失水准，气氛舒适、温馨，可周租或者月租。

🏠ChaofaEast Rd.；☎ 0 76/25 67 97；🌐 www.purevillaphuket.com；€€€

Royal Phuket City ▶封三，c3

价廉物美 位于城市心脏处，装潢设计让人感觉很舒服。从大房间和套房能看到普吉镇和海景。

🏠 154 Phang Nga Rd.；☎ 0 76/23 33 33；🌐 www.royalphuketcity.com；共有251间客房；€€€

Phuket Merlin Hotel ▶封三，b2

环境安静 地处郊区，有装修良好的客房和游泳池。

🏠 158/1 Yaowarat Rd.；☎ 0 76/21 28 66；🌐 www.merlinphuket.com；共有186间客房；€€€

On On Hotel ▶封三，b3

适合要求不高的怀旧旅客 该市最古老的酒店，建于1927年，舒适度欠佳，多数是背包客的首选。

🏠 19 Phang Nga Rd.；☎ 0 76/21 11 54，22 57 40；共有49间客房；€

Pure Mansion Hotel ▶封三，a4

短期住宿的理想去处 位于靠近南部沙滩的主干路上，房间整洁，设备齐全。离市中心稍远。

🏠 3/7 Chao Fa Rd.；☎ 0 76/21 17 09，22 02 25；共有45间客房；€

虽然On On Hotel（▶P.81）是普吉镇最老的酒店，但依然能在古老的墙壁上放映电影《海滩》（The Beach）。

Thavorn Hotel
▶ 封三，b3

价格实惠，条件良好 不像同名的另一家酒店那样奢华，条件也不差，相比之下要实惠很多。酒店内有游泳池。

74 Rasada Rd.；☎ 076/21 13 33；共有200间客房；€

餐饮

Chiang Mai Restaurart
▶ 封三，a1

地道 提供泰国北部的菜肴。客人用餐时可以选择在空调房内，也可以在星空下的露台。

224/4 Yaowarat Rd.；☎ 0 76/22 35 80；€€

Kanda Bakery & Restaurant
▶ 封三，b3

甜品爱好者的去处 有各种甜食，营养丰富的小吃、沙拉，肉排以及糕点、蛋糕等。

31-33Rasada Rd.；☎ 0 76/22 34 10；€€

Khanasutra
▶ 封三，b4

印度式辣 如果有谁想挑战一下各种不同烹调方法的话，这里香辣的印度菜绝对是很好的选择。

Takua Pa Rd.；☎ 0 76/25 61 92；€€

Kor Kung Pao
▶ 封三，a/b1

美味的海鲜 位于小岛的黄金地段，在淡水湖边享受最纯正的泰式鱼类和海鲜类菜肴。

Nördl.der Pra Phuket Rd.（普吉岛蝴蝶公园方向）；☎ 0 76/25 46 53；€€

小吃摊
Essstände
▶ 封三，c4/d3

平民食物 位于Ong Sim Phai路周围，各种小饭铺上都出售很正宗的泰式食物。花很少的钱就能享受地道的美味。

Ong Sim Phai Rd.；每天下午；€

购物

陈家古玩 & 艺术品店
Chan's Antique & Art
▶ 封三，c3

最大的泰式古董、纺织品和纪念品展览店。这里有各种佛的全身像和半身像（请注意出口法规），完全可以称为是艺术品的家具，彩色的家居装饰品以及来自柬埔寨和缅甸的工艺美术品和古董。很多艺术爱好者都喜欢来这里。

26/3 Thepkrasattri Rd.；☎ 0 76/23 93 44（各大酒店都有到这里的免费班车）；8:30～17:30

Chee Ling Jewelry
▶ 封三，c3

出售金饰、宝石、淡水珍珠和人工培育珍珠做的项链、耳环等。

54/18 Montri Rd.

集市
▶ 景点，P.78

艺术殿堂
The Palace of Art
▶ 封三，a3

这里的工艺品和古董都很特别，部分商品价格昂贵。

79/5 Vichit Songkhram Rd.

普吉购物中心
Phuket Shopping Centre

▶封三，b3

购物中心于1996年在Rasada路正式开始营业。这里有裁缝铺、纪念品商店，还有购物商场。

Rasada Rd.，Takuapa Rd.

Pui Fai Shop

▶封三，b3

出售价格诱人的工艺品和木雕。

10 Rasada Rd.

罗宾逊购物商场
Robinson Deputment Store

▶封三，c4

在这个巨大的购物商场里几乎能买到所有的东西：从体育器材到服装，光学仪器、香水，再到日常生活用品，还有保养品。

Tilok Uthit 1 Rd./ Ong Sim Phai Rd.

Sin & Lee

于1940年开业，这个商店的经营理念对当时的社会来说是很特别的，专门出售舶来品。当时的商店主人喜欢去槟榔屿旅行，在旅行的过程中发现外国人或多或少都喜欢从自己的家乡带来产品。所以才开始进出口荷兰奶酪、英国香肠、意大利面、法国橄榄油等。

塔朗路（Thalang）49号

Sri Supphaluck Orchid

▶P.117, D6

出售厂家直销的各种本岛腰果类食品。可以尝一下这里的腰果汁（Cashewy），一种由苹果和腰果榨成的饮料。

51/9 Moo 5 ThepkrasattriRd.；0 76/27 29 15；www.srisupphaluckorchid.com；普吉镇往北9千米

Tesco Lotus Hypermarkt

▶封三，a1西北

这个大卖场里不仅有一个超级市场，还有数不清的小商铺，几乎出售所有类型的商品。同时还有一个由大量餐饮店构成的美食天地，完全可以满足不同口味的顾客。

104 Moo 5, Chalermprakiet Ror 9 Rd.（普吉镇芭东路和By Pass的交叉口）

NERIAN小贴士 9

腰果生产厂
CASHEWNUSS-FABRIKEN

腰果可是普吉岛最著名的特产美食，变化多端的口味保证让你流连忘返，赞不绝口。这些松脆可口的坚果是腰果树果实的果核。腰果树的果实略带酸味，常用来做成罐头、酿酒或者酿醋。果皮则用来工业用油。其中有一家名叫“江玲花腰果店”非常有特色，称得上是“腰果世家”。

如果对腰果的采摘和加工感兴趣的话，可以到其中一家工厂去参观。

工厂名称：Sri Bhurapa Orchid Co.

7/1 Khuang Rd.（普吉镇往南约4千米）；每天8:00～19:00

▶P.118，C9

工厂名称：Methee Cashew Nut Factory

9-9/1 Tilok Uthit2 Rd.；0 76/21 96 22；周一～周五9:00～18:00

▶封三，c/d3

NERIAN小贴士 10

兰轩海港

LAEM HIN HARBOUR

▶P.117，E 7

海港本身并没有什么特别之处。不过若想吃到正宗的泰国菜，还是要考虑一下花费。在西街402号（die westlichen Straβe 402）转弯就可以前往兰轩海港。按照街道上的方向标前行，在海边停好车。这里有很多小艇，随时准备着把游客带到水上餐厅去。在这些无名的餐厅里能品尝到新鲜的海味。浮桥船上的桌子下有网袋，养着鱼和虾，客人点餐之后直接将它们做成美味端上餐桌。客人点餐时可以照着菜单，也可以直接看着网袋点。但是要注意的是餐厅只收现金。在普吉岛往北约14千米

Tilok Uthit 1 Reach ▶封三，c 4

每到傍晚时分，位于Ong Sim Phai路和环形交通线之间的这条马路两边就成了采购纪念品的天堂。这里的成衣、太阳镜、T恤和各种小物件都要比芭东路上的实惠。

Tilok Uthit 1 Rd.

夜生活

玛利亚酒吧

Marina Disco Lounge

▶封三，b2

大家可以到玛利亚酒吧跳舞、听音乐，还可以在这里无拘无束地聚会。这里的氛围轻松、愉悦，适合放松身心，是很多普吉的商人和酒店客人的钟爱之所。

Merlin Hotel：158/1 Yaowarat Rd.；每天19:00以后

Michae' s

提供美食的啤酒馆：这里还有欢享时间（Happy Hour）13:00～18:00。

Takuapa Rd.；从10:00开始

Timber Hut ▶封三，b3

不仅有音乐，还有各种鸡尾酒和泰式小吃，主要是普吉商界人士的活动场所。在这里绝对能享受一个愉快的夜晚。

118/1 Yaowarat Rd.；每天18:00以后

服务

咨询处

TAT ▶封三，c3

该旅游局为游客提供旅游手册和旅游卡片，支持网上浏览和信息咨询。

191 Thalang Rd.；0 76/21 22 13

公共交通

公交车 ▶封三，b3

本市公交车站就在拉廊路的泰国航空公司对面。

旅行社

South Orchid Co.

▶运动休闲，P.28

周边旅游景点

◎ Ko Siray ▶P.117，E/F 7/8

小镇东部有一个半岛，岛上有个叫“chao' le”的村庄，村庄里住着游牧人。他们的祖先来自泰国西北部的安曼达地区。他们的皮肤黝黑，与泰国

人有明显的区别。19世纪的时候，村庄里的游牧人还是让人闻风丧胆的海盗，可是现在的生活条件却不是很好，因为他们有自己的语言，不太被泰国社会所认可。捕鱼、采珍珠是他们主要的收入来源，还有最近才开始的，靠与游客拍照来赚钱。“chao' le”村的村民本来还可以靠采卖攀牙湾的燕窝来增加收入。但是为了保护动物，不得不适当地禁止采燕窝的活动。所以就在悬崖峭壁和巢穴外都设了栏杆。岛上除了村庄，还有一座Wat Siray庙，以长达10米的卧佛著称。虽然“Chao' le”村里佛像无处不在，但迄今为止村民还是普遍信奉万物有灵论，即自然拜物教，他们认为自然界中一切事物和现象都具有意识、灵性，相信世界上有很多的神魔，即泛灵信仰。

位于普吉镇往东约10千米

攀瓦角

Leam Panwa ▸ P.119, E10

在Makham海湾和普吉海港的南部，攀瓦角延伸入海，它起始于一条街道的街尾，难怪很多旅客在找攀瓦角的时候会迷路。虽然这里是旅游胜地，但相比之下，攀瓦角算是一个很安静的世外桃源。

普吉镇往南约14千米

住宿

Cape Panwa Hotel

国际化的氛围 该酒店拥有一个单独的沙滩，既有奢华的套房，也有带游泳池的别墅。

27 Moo 8, Sakdidah Rd.; 0 76/39 11 23; www.capepanwa.com; 共有245间客房; €€€€

值得游客前往Ko Siray（▸ P.84）一游的卧佛。

夜生活

The Light House

舒适的氛围 这个小小的酒吧是由灯塔和灯塔周围的建筑构成的，酒吧内有可口的饮料，傍晚的时候还有现场音乐表演。欢乐时光：21:30～22:30

Cape Panwa Hotel（▸ P.85）; 开放时间：17:00～1:00; €€

在攀牙湾国家公园的湖面上划船泛舟（▶ P.90）不仅可以欣赏到怪石嶙峋的山崖Ko Tapu，还可以去看看传说中的007岛（“James Bond Island”）。

徒步与郊游

普吉岛沙滩的景色美不胜收，但如果你想了解有关小岛及其周边景观更多的信息，就要展开一次探秘之旅了。

发现不为人知的普吉岛——驾吉普游小岛

特点：这是一个为探索爱好者量身定制的旅行，即使是岛屿方面的行家也会在泰国南部的这个小岛上有新的发现。时长：一日游。路线长度：约90千米；住宿建议：Farang，Cherng Talay的女英雄纪念碑主大街，☎0 86/9 46 31 42，这里既有亚洲菜，也有西方菜；€€；Tatongka，位于Bang Tao的Tinlay Place；☎0 76/32 43 49，对于亚洲菜和地中海风味美食的爱好者来说，这里是一个不错的选择。€€/€€€

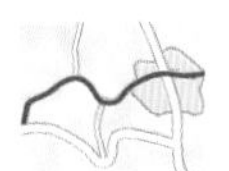

咨询及活动组织者：South Orchid Co.（▶ P.28）
地图 ▶ P.116，B8

未知的普吉岛位于那些喧嚣而拥挤的海滩以及旅游胜地的不远处。所以我们的一日游也从岛西南部著名的海滩向岛的北部行进。

芭东 ▶ 邦道海滩

在热闹的芭东海湾后面不远的地方，一切又回归宁静了。美丽如画的Kalim Beach周围被椰子树所环抱，这片椰树林一直从Nakhale-Kaps的山坡延伸到普吉岛的腹地。

接下去的这段路，在地图上被标注为“尚未铺砌”。实际上，这里是铺过沥青的，但因为那些超重的卡车还有猛烈的季风雨的缘故，这些沥青被毁坏得十分严重。尤其是从山区的路到卡马拉那一段，在大暴雨之后会变得相当湿滑。这

在考帕泰奥国家公园里，瀑布流下来的清水潺潺流淌着，这里还有很多很难分类的奇珍异兽（▶ P.20）。

也再次证明了，普吉岛在马来语中的原名“bukit”（丘陵）是多么的贴切。

向北继续走下去，就会看到一望无际的水果种植园。这里 盛产芒果、荔枝、香蕉还有普吉岛的特产——美味的凤梨。如果你有兴趣，想要在那一片绿松石般碧绿的海里游泳，那么可以中断行程，到苏林海滩或是Sonkaps另一边的邦道海滩享受一番。

邦道海滩▶考帕泰奥国家公园

一日游的下一站是向东走，先来到女英雄纪念碑——Mook和Chan的雕像。在这里，如果时间比较紧，你可以沿着主大街的塔朗方向（向北）继续走。在小城的中心区，有一条街是拐向通塞瀑布的。这条瀑布是考帕泰奥国家公园的一景。在国家公园信息办公室的后面，便是进入雨林陡峭部分的台阶了。在瀑布下面冲个凉，一定会让你将长途跋涉的疲惫一扫而光。最后一段路就是Wat Phra Thong，那里距离塔朗的北部只有几公里远。那有个特别有趣的菩萨雕塑，只有一半露出地面。据说曾有一个少年在耕地的时候发现了一块金属，挖出来之后才知道这是一个由无数金子做成的佛像的一部分。人们用尽了一切办法，想将佛像挖出来，结果都不成功。最后，人们急中生智，在佛像四周盖了一座庙。然后，当地人用石膏盖住了原来的金像，用金箔再重新粘在佛像的表面。

邦道海滩▶Bang Pae Waterfall

如果选择从女英雄纪念碑的十字路口继续向东走，你将到达的第一站是长臂猿保护中心。从这里可以步行到Bang Pae Waterfall。在这里，你可以领略到一片热带雨林的独特风光：矮小的靠近地表的植被和高耸入云的有着巨大树冠的热带树木，彼此交叠、错落有致的树叶和藤萝让人眼花缭乱的同时而又引人入胜，色彩斑斓的飞鸟叽叽喳喳地在矮树林中飞行，偶尔还有一只小蜥蜴跑出来。幸运的话，还可能看到巨型蜥蜴。

Bang Pae Waterfall ▶芭东

穿过种植园，我们继续向北走，可以顺便绕道去东边的海岸。那里是欣赏攀牙湾的绝佳位置。在Muang Mai，你就可以踏上通往普吉镇的主路了。经过Wat Phra Thong，穿过塔朗，就又回到了我们出发的地方。

攀牙湾——
乘汽车和小舟到007电影的取景地

特点：岩石和小岛高耸出蔚蓝色的海面，看上去一切都异乎寻常而又极富浪漫色彩。乘坐小舟可以让你真切地接触到这美丽的风景。乘小舟的旅行费用：从陆地出发，大约600泰铢，或者从普吉岛出发，大约2000泰铢。

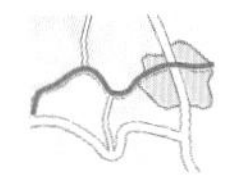

时长：一日游。路线长度：约160千米（往返）。住宿建议：Duang Phon Seafood，41/1 Surakun Pier Phetkasem Road，Tambon Kasom；0 76/59 10 41；€€。

地图▶封三

普吉岛东北方向的沙嘴地带，是观赏攀牙湾的绝佳地段。乘坐小舟穿过这个海湾绝对让你不虚此行。

从普吉镇一直向北行驶，穿过萨拉辛桥，就会到达陆地。此时你正身处攀牙府省，继续向东，会到达与其同名的省会。路边有许多指示牌，在海湾中划着小舟时，这些牌子很引人注目。最好是能在The Ka Som或是Tha Dan租到一叶小舟，因为大部分的旅程是从那里开始的。

攀牙湾国家公园

首先映入眼帘的风景犹如一条有许许多多分支的河流，实际上，此处是一个海湾，海湾中遍布着种植红树的小岛。小虾群和鱼群围绕在岸边，时不时地会看到小型的居民区。这种场景一直延伸到攀牙湾国家公园。这片独一无二的土地是世界文化遗产的一部分。高耸着的奇形怪状的卡斯特岩石，犹如长着草木的擎天柱般直插云霄，或是形成小型的岛屿，上面覆盖了植被，还有美丽的沙滩和村落。最著名的小岛要数Ko Tapu，就是通常所说的“詹姆斯邦德之岛”。因为这里曾是电影《金枪人/铁金刚大战金枪客》的取景地之一。

从这个忙碌的小岛出发，几分钟之后便会重归安静。海鸟在空中盘旋，幸运的话你还能看到海豚。在其中的某些小岛上，你会看到许多岩洞。洞顶悬挂着许多钟乳石，因为也只有那里没有被水覆盖。

在一些洞穴里栖息着金丝雀，这是一种雨燕科的小鸟，它们会在高高的洞顶或者墙面筑巢。所谓的“燕窝”就是指用金丝雀的口水和羽毛一起熬煮，在端上桌之前将固体的部分撇掉。勇敢的采集者们费劲千辛万苦，只为采集到一个珍品。为了保护鸟类繁衍，这种采集工作一年只准进行两次。

如果半路上没有小舟，去一趟Ko Panyi岛的渔村也很不错，因为这个渔村是建在高跷上的，清真寺是用石头建造成的。那里美丽的风景可以说让摄影爱好者趋之若鹜。

皮皮岛小舟之行——真切的南太平洋之梦

特点：小型的皮皮群岛大概在普吉岛东南方向40公里（乘小舟约两小时）处，你可以在这里体验到热带冒险之旅的同时享受到绝对的舒适。起程：可以从Ao Chalong出发。乘小舟的旅行费用：500泰铢起。时长：一日游，也可以住宿多玩几天。住宿建议：天堂度假村（Paradise Resort）Long Beach（Had Yaow）；☎0 81/9 68 39 82；www.paradiseresort.co.th；€€

地图▶P.92

皮皮群岛在海面上犹如珍珠般散布着，清澈的海水以及无与伦比的水下世界，尤其是在旅游旺季，吸引了数不清的游客。相邻的两个小岛大皮皮岛（Phi Phi Don）和小皮皮岛（Phi Phi Le）景色完全不同。较大的皮皮岛有着白色的沙滩，还有一应俱全的旅馆等设施，吸引了大批游客驻足。而小皮皮岛却一如既往的无人居住。在离大皮皮岛大约10米的地方开始出现珊瑚暗礁，这里的暗礁可以说是世界上最美丽的暗礁。但近几年，这里的暗礁却因旅游业的发展饱受侵害（水污染以及抛锚的小舟所带来的损伤）。从主海滩通塞海滩（Ton Sai），有一条小径可以通往其他的海滩。这条小路也穿过了其余的热带雨林，能到达海洋牧民在小岛北部的村庄。

小皮皮岛只有一片沙滩。这里遍布着奇形怪状的岩石。雨林一直延伸到悬崖峭壁的边上，看上去像延伸到海里一样，接下来我们的小舟之行会继续沿着这些陡峭的卡斯特岩石行进，穿过这个天然的隧道。小岛的特别之处就在于它的洞穴，燕窝（▶P.90）就是在那采集到的。燕窝含有多种氨基酸，补肺养阴、补虚养胃，有很多的营养作用，可以美容养颜以及做成有其他效果的汤，这里还有著名的Viking Cave。在这个洞里曾经发现了壁画，这些壁画让人联想到遥远的诺曼人的小舟。

皮皮岛（Ko Phi Phi）是一座绿树覆盖的岩石小岛，只能通过坐船抵达那里。

住宿

Phi Phi Island Village ▶ P.92，b 1

热带之梦 这个舒适的度假胜地绝不会让你的任何一个希望落空。在普吉岛上的预订。

Buchung auf Phuket；☎ 0 76/36 37 00；www.ppisland.com；有84栋避暑小别墅；€€€€

Phi Phi Island Cabana ▶ P.92，b2

浪漫和优雅 这是一座矗立在美丽的海滩上的漂亮的建筑。位于通塞海湾（Tonsai Bay）。

☎ 0 75/21 49 41,61 25 94；www.phiphi-cabana.com；80间客房；€€€/€€€€

Phi Phi Natural Resort ▶ P.92，b 1

如天堂一般 这的避暑别墅装潢精美，价格适中。

53 Moo 8 Laemtong；☎ 0 75/81 90 30；www.phiphinatural.com；有70个客房和5个带泳池的别墅；€€€以上

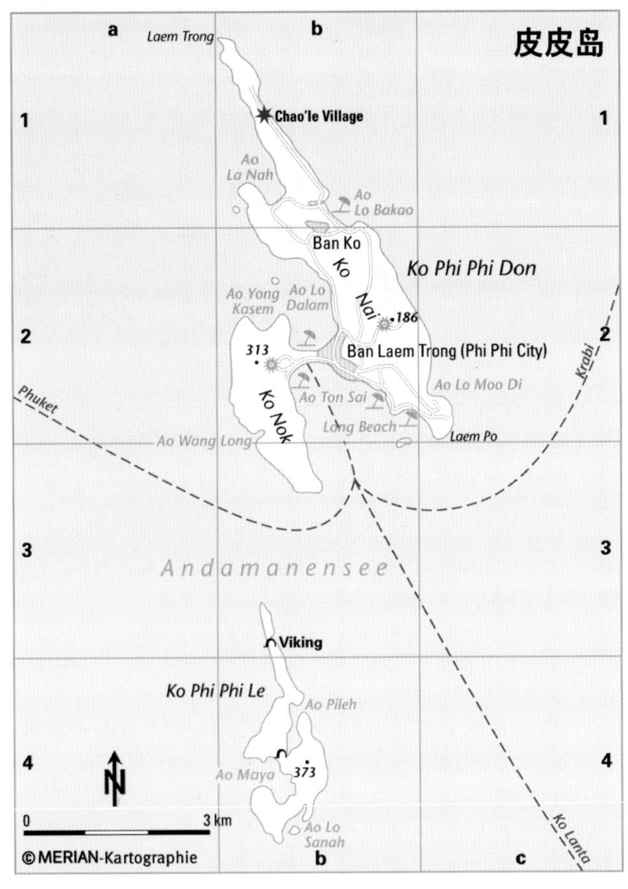

首都曼谷——令人神往不可错过的国际大都市

特点：拥有百万人口的曼谷可以说是“微笑王国”的完美典范，虽然这里也有拥挤的交通和污染；到达：从普吉岛出发，可以乘坐飞机（大约一小时），直达巴士（12小时）或者是火车(10小时)；三种交通工具每天都有运营，飞机每天有多次航班；时长：最少两天；住宿建议：Four seasons Hotel，155 Ratchadamri Rd.；02/2 51 61 27；www.fourSeasons.com；363间客房；€€€€；Millenium Hilton Bangkok，Klongsan；02/4 42 20 00；www.hilton.com；543间客房；€€€€；咨询处：TAT位于普吉镇（▶P.84）和曼谷

很久以前，来亚洲旅行的欧洲冒险家和商人们回到家乡之后，总会讲述他们在这里感受到的各种各样的异域风情。几乎所有人都会提到暹罗国（即今天的泰国）的人是多么的友好以及首都是如何的富丽堂皇。在这个“微笑王国”里，曼谷被称做“寺院的城市”，人们总会说，这里的寺院，屋顶都是用纯金装饰的。现在，在这个亚洲大都市里，仍有许许多多的寺院和宫殿，初看上去感觉有点像摩洛神。没有准确的人口数字，非官方统计大概有将近一千万居民生活在这里。城中心的景点中，强烈推荐的一个去处就是国王宫殿，现在这里不再是最高统治者的住所了，而是被用于举行典礼。我们旅行的高潮便在这里：加冕宫殿（Amarinda Wintchai Pavillion）、Wat Phra Keo以及著名的也是属于国际级圣地的Smaragd-Buddha以及Chakri-Maha-Prasat-Palast，这座宫殿融合了泰国以及英国的建筑风格（8:30～15:30；$ 200泰铢）。

内城的东边是Wang-Suan-Pakkard-Palast，这里曾经住着Chumbhot公主。这座建筑令人赏心悦目，单单建造这的木材——柚木，就大有来头。这些木材曾经是生长在北方的Chiang Mai，直到20世纪50年代才被运到这里。同时，周围的花园也散发着安静的气息，有许多备受噪音煎熬的人们慕名而来，想要在这里寻求宁静（周一～周六，9:00～16:00；$ 100泰铢）。

在这数不清的寺庙中，其中Wat Po寺和Wat Saket寺拥有巨型卧佛，寺的穹顶就像一个富足的证明，这也是为什么喜欢黄金的欧洲人会对这个国度如此着迷的原因。

几乎在所有的参观表上都列有Patpong Road，这里是这个城市被称为“罪恶的温床”的主要原因之一。路的周围有一个很大的夜市，市场上除了一般的货物，还有流行的山寨产品。谁想要做一个购物狂人的话，还可以去Ploenchit，Sukhumvit、Suriwong和Silom Road周围的地区，那附近也是购物的好去处。

商店、售货亭、小摊、各国餐馆、酒吧一应俱全，这就是芭东（▶ P.49）。

普吉岛指南

有关普吉岛的相关信息：全面介绍这片土地上的风土人情，另外还附有旅游指南。

概况

更多体验尽在普吉岛——从人口到政治，从语言到经济，让你了解更多有关普吉岛的人文知识。

官方语言：泰语
人口：321000
国土面积：约543平方千米
最大的城市：普吉镇，75000居民
最高的山峰：Mai Thao Sip Song，约529米
官方网站：www.phuketprovincial.com
宗教：约60%的佛教、约35%的伊斯兰教、约5%的基督教，还有印度教和天主教等。
货币：泰铢

人口

普吉岛拥有约321000人口，其中大部分是泰国人，当然也包括一些从中国、马来西亚和印度来的移民。除此之外，还有西方来的侨民，这些人有些是以前的海上流浪者（chao' le），航行过程中在此定居下来。

地理位置

普吉岛位于泰国西南部的安达曼海和普吉海之间，丘陵密布的小岛上原先覆盖着茂密的热带雨林，可惜今非昔比了。由于这里的沙滩美景吸引了众多的游客前来度假，这座小岛一跃成为旅游胜地。沙滩的背后是大片的稻田还有橡胶和菠萝种植园。这些植物在高达33℃的温度和异常潮湿的热

◀ 如今在查龙寺（▶ P.75）里再也找不到以前暴动时遗留的痕迹了。

带气候下生长得郁郁葱葱。这里的水域一般来源于小河或者瀑布，当然频繁的降水也是来源之一，尤其是在夏季的几个月里，小岛的降雨量很充沛。

行政

普吉岛是泰国的75个省份之一。泰国是一个君主立宪制的国家。现任国王是普密蓬·阿杜德（Bhumibol Adulyadej），他深受全国人民的尊敬和爱戴，王后是诗丽吉（Sirikit），她也有一定的政治影响力，但这在现行的泰国政治局势下显得微不足道。在这个国家能产生重要政治影响的是军队。在普吉岛几乎听不到有关政治方面的抱怨，即使2008年红衫军占领了曼谷机场，让很多人的普吉岛度假计划泡汤。

宗教

佛教在泰国占有绝对的统治地位。在普吉岛（甚至泰国的整个南部），伊斯兰教的地位也是举足轻重的。因为这里有很多移民来自信奉伊斯兰教的马来西亚。不同宗教的人们区分很明显，但他们之间相互尊重，这一点从马来人在这的融合上得到了很好的体现，不过这要追溯至旅游业给人们带来富足生活的那段时期。因为从那之后，自2001年起在马来西亚边境线上军队和伊斯兰教分裂主义分子之间一直存在着摩擦和冲突。

语言

泰语是官方语言，但英语也很普遍，人们几乎都能听得懂英语，很多餐厅甚至还提供德语菜单。如果有人想尝试学习一些泰语，那么发音是第一个需要克服的难题，更别提泰文的书写了。泰语中文的意思是根据音调的变化而区分的。并且根据说话人的性别不同，词尾变化也不同。女人说话时以“Kha”结尾，而男人说话时以“Krap”结尾。倘若你真的尝试着学习泰语，那么你在当地一定很受欢迎。

经济

普吉岛以前是一个农业重地（出产椰子、菠萝、橡胶还有棕榈油，岛上大约40%的土地都被用做耕种农作物），现在旅游业成为了它的一个重要经济来源。每年都有大约450万的游客前来普吉岛度假。当然旅游业的繁荣带来的不仅只有好处，同时很多不良影响也随之而来。例如住房紧俏、卖淫业繁荣以及通货膨胀。2004年12月的毁灭性大海啸给依赖于旅游业生存的普吉岛带来了前所未有的重创。幸亏有国际上的援助使得普吉岛的旅游设施迅速恢复，仅仅几年，这场灾难带来的后果已经不再影响这里的旅游业了。

历史

公元200年

亚历山大城的天文及地理学家克罗狄斯·托勒密（Claudius Ptolemäus）画出了一张马来半岛图，在这张图上第一次出现了今天被称为普吉岛的地方。

到1250年

岛上的居民由几个不同的少数民族组成，其中包括安达曼海的黑矮人（Negritos），被人们当做海盗的海上吉普赛人或是“chao’le”，还有来自缅甸的孟高棉语民族的后裔。缅甸人在11世纪中叶战胜印度移民之后就一直统治着这座小岛。

1350年

新的王国叫大城（Ayutthaya）。政权成立仅仅几年之后，普吉岛上就发现了巨大财富——矿石和香料。统治者们更喜欢待在遥远的首府等着人们向他进贡这些珍宝。与此同时，这座小岛也有了一个名字——普吉岛。这个名字来源于马来语，是由“bukit”（山丘）这个单词派生出来的。

16世纪末

王国的财富和普吉岛优越的环境使得欧洲资本在这里迅速成长起来。随之而来的是泰国人开始担心他们的独立主权并着手监督国家的锡矿垄断行业，以此排除欧洲资本对其的影响。葡萄牙人、法国人和英国人在普吉岛上的努力都成为了徒劳，但他们确实是那个时期的海上霸主。

1689年

大成政府驱逐了所有的外国人，这成为了当时欧洲人和大成政府之间轰动一时的事件。

1767年

大城——当时暹罗（Siam）的首都，被缅甸的军队攻陷，侵略者还试图占领这个国家，其中普吉岛遭受了四次进攻，但都没有成功。

1785～1986年

缅甸的军队驻扎在塔朗，并准备对普吉岛采取致命攻击。省长夫人Khunying Jan（也叫做Chan）和她的姐姐Khun Mook（也称Muk）成功组织和应对侵略的反抗运动，缅甸军不得不撤退。国王拉玛一世（Rama Ⅰ）因此授予她们贵族头衔。

19世纪

大批中国和马来西亚的劳工涌入普吉岛并在此定居下来。

1903年

从第一棵橡胶树的移栽成功开始，这种新兴的并一直延续至今的经济作物便开始在这座小岛上繁衍起来。

1933年

普吉岛成为了一个独立的省份。

1939年

暹罗国正式更名为泰国。（意思是：自由的国度。）

1947年

军队在曼谷接管政权。

20世纪中期到末期

锡和生橡胶价格的持续走低给原本富裕的普吉岛带来了巨大的损失。

1964年

随着越南战争的爆发，越来越多的美国士兵来到普吉岛度假修养。

1973年

政府决定：开发普吉岛的旅游产业。

1988年

保守政客差猜（Chatichai）成为了第一任由选举产生的总理。继1988/1989年的降水造成的大范围水土流失后，禁止砍伐热带雨林的法案在他的领导下终于得以通过。

1991年

再次的政变之后军队接管政权，将军苏钦达（Suchinda）于1992年成为总理。

1992年

在皇室的压力之下，将军辞去总理职务，由川立派（Chuan Leekpai）接任。

1996年

国王普密蓬・阿杜德——拉玛九世（Rama Ⅸ）庆祝他继位50周年。

1998年

一场东南亚的生态危机（马来西亚和印度尼西亚的森林大火）让这些地区的证券交易所行情迅速暴跌，但对于欧洲人来说正是来此度假的好机会，价格相当实惠：普吉岛被旅游杂志“Globo”评为“最棒的热带岛屿”。

2001年

泰国Rak党的Taksin Shinawatra成为新一任的总理。

2004年

12月26日的一场大海啸席卷了普吉岛的部分海岸，有超过2000人丧生。

2006年

9月19号在总理他信（Thaksin）进行国外访问期间泰国发生了一场军事政变。可是在普吉岛一点也感觉不到动荡的局势。泰国国王普密蓬在同年举行了80大寿庆典。

2008年

保皇党的“黄衫军”和由他信追随者组成的“红衫军”争斗不断。除了持续不断地激烈争辩，机场也被红衫军占领控制，几天下来滞留的旅客多达30万。2008年底的时候民主党领导人阿披实・维乍集瓦（Abhisit Vejjajiva）出任总理。

2010年

3月在曼谷又出现了“红衫军”新一轮的抗议活动，为了迫使政府进行新的选举。

英语常用词汇

重要的词汇及表达

yes-是的
no-不是
my pleasure, you’re welcome-不客气
thank you-谢谢
Pardon?-再说一遍
I don’t understand you-我不懂
Sorry, I beg your pardon, excuse me-对不起，不好意思，打扰一下
Good morning-早上好
Hello-你好
Good evening-晚上好
goodbye-再见
My name is...-我叫……
I’m from...-我来自……
How are you?-你好吗？
Thanks, fine.-谢谢，很好。
who,what,which-谁，什么，哪个
how many, how much-多少，多少钱
where is...-……在哪？
when-当……的时候
how long-多长时间？
Do you speak German?-你说德语吗?
See you soon-一会儿见
today-今天
tomorrow-明天

数字

zero-零
one-一
two-二
three-三
four-四
five-五
six-六
seven-七
eight-八
nine-九
ten-十
twenty-二十
one hundred-一百
one thousand-一千

星期

Monday-周一
Tuesday-周二
Wednesday-周三
Thursday-周四
Friday-周五
Saturday-周六
Sunday-周日

问路

How far is it to...?-到……还有多远？
How do I get to...?-怎么去……？
Where is...?-……在哪？
the nearest garage?-最近的修理厂？
the station/bus terminal?-汽车/火车总站？
the nearest bus stop/the airport?-最近的公交车站/飞机场？
the tourist information?-旅游信息问询处？
the nearest bank?-最近的银行？
the nearest gas station?-最近的加油站？
Where do I find a doctor/a pharmacy?-我在哪能找到医生或是药店？
Fill up please!-请加满油！
Regular gas-普通汽油
super-太棒了
unleaded-无铅的
right-向右
left-向左
straight ahead-直走
round the corner-在拐角处
I would like to rent a car/bike.-我想租一辆汽车/自行车。
We had an accident-我们遇到事故了。

A ticket to... please!-请给我一张到……的车票。
I'd like to change money.-我想换钱。

住宿

I'm looking for a hotel/guesthouse.-我想找一家旅店/一处包膳食的公寓。
I'm looking for a room for ... people.-我想要一间……个人的房间。
Do you have any vacancies ...?
-你们还有……的空房吗？
for one night?-住一晚
for two days?-住两天
for one week?-住一个星期
I made a reservation for a room.
-Do you offer a special weekend rate?-我已经预订了一个房间。你们有没有针对周末的特价?
How much is the room ...?
-……样的房间多少钱？
including breakfast?-包括早餐
half board?-半食宿(指住宿处供应早餐及一顿主餐)
Can I have a look at the room?
-我能看看房间吗？
I'll take the room.
-我要这间房。
Do you accept credit cards?
-我能刷卡支付吗？

饮食

We have booked a table.
-我们预订了一桌。
Could I see the menu please?
-请给我看一下菜单。
Could I have the check please?
-买单
I'd like to have ...-我比较喜欢……
Cheers!-干杯！
Where are the restrooms(ladies/gents)?-请问洗手间在哪？（女士/男士）
waiter/waitress-服务员
breakfest-早餐
lunch-午餐
dinner-晚餐

购物

Where do I find ...?-……在哪？
Do you have ...?-你这儿有……？
What is that/how do you call this?
-这个是什么/叫什么？
How much is this?
-这个多少钱？
I like it/I don't like it.
-我喜欢/我不喜欢。
That's too expensive.-太贵了。
I'll take it.-我要这个了。
I'd like to have one hundred grams/one pound
-请给我100克/一磅。
Thank you, that's it.
-谢谢，这些够了。
open/ closed-营业中/休息
shopping mall-购物中心
department store-百货商店
grocery-食品杂货店
stamps for a letter/postcard to Germany/Austria/Switzerland
-寄往德国/奥地利/瑞士的信件/明信片上的邮票

机关、银行、海关

Do you have anything to declare?
-你有什么需要上税的东西吗？
I have lost my passport/my wallet.-我丢了我的护照/钱包。
I am looking for an ATM.-我想找一台自动提款机。
I'd like to cash a traveler's check.-我想兑现我的旅游支票。

餐饮泰语

A

ahan gangwan-午餐
ahan tschau-早餐
ahan gen-晚餐

B

ba mie-不同方法烹饪的小麦面条
bai ma grud-甜柠檬叶
bai manglak-罗勒
bed-鸭子
bed op nam pung-蜂蜜烤鸭
bed paloh-糖醋酱鸭
bia-啤酒
bo(h)-煮
bor bia tord-春卷

F

fak tong-南瓜
farangh-番石榴

G

gabi-小虾酱
gäng gai-香浓汁小鸡肉沫
gäng garih-印度淡咖喱粉
gäng khion wahn-绿咖喱蟹酱
gäng laing-泰国蔬菜汤
gäng masaman-五味浓郁的淡咖喱粉
gäng nua-五香牛肉
gäng ped gai-辣咖喱小鸡
gäng som-鱼配蔬菜
gafä-加奶的咖啡
gafä damrorn-不加奶的清咖啡
gai-鸡
gieo nam-馄饨
gruei-香蕉
gueh tiao-白米粉
gung-螯虾，小虾
gung häng-小虾干
gung yang-烤虾串

H

hua hom-洋葱
hua schai po-萝卜

K

ka ti-椰奶
kam puh tord-煮肉
kao-米糊（粥）
kao bed-鸭肉烘饭
kao dom gai-米汤鸡
kao dom mo-米汤猪肉
kao dom plah-米汤鱼
kao gai-鸡肉拌饭
kao man gai-鸡块拌饭
kao mo daeng-红烧肉拌饭
kao mo tora-烤猪肉块拌饭
kao nieo-糯米丸子
kao nor maigai-鸡肉竹笋拌饭
kao pad-炒饭
kao pad gung-小虾炒饭
kao pad talee-海鲜炒饭
kao plao-干饭
kao suay-香米饭
kao poht-玉米
khai chiao-大蛋饺
khai dao-煎蛋
khai tord sai mo-蛋饺包猪肉
khai yad sai-蛋饺包肉/菜
khanom büang-甜/咸馅饼（主要是椰蓉）
kratiem- 蒜
kruang gäng-咖喱酱

L

lao-烈酒
lin ji-荔枝

M

maah hoo-凤梨肉丸子
mähkong-湄公河威士卡

makahm-罗望子果
maköa tat-茄子
maöka tät-番茄
malakor-番木瓜
manao-柠檬
man farang-土豆
mamuang-芒果
mangkut-山竹果
maprao-椰子
med mamuang himmapan-槚如树坚果
miang gai-鸡胸脯盖沙拉
mie klob-炒面
mo-猪肉
mo ob sapporot-凤梨烩猪排
mo satäh-沙嗲猪肉

N

nam dan-糖
nam jim much sate-花生酱
nam lorn-热水
nam maprao on-绿椰汁（常加糖和冰块）
nam plaa prik-芫荽拌辣酱
nam plan-鱼酱
nam prik-红番辣椒酱
nam räh-矿泉水
nam som-橙汁
normai-竹笋
näah-牛肉

P

pad phet mv sei normai-竹笋猪肉
pad phet tua fak jao-牛肉拌绿豆
pak-蔬菜
ped-鸭肉
phal thai-炒面
plah-鱼
plah kapong-鲈鱼
plah mük-墨鱼
plah priao wan-糖醋鱼
plah tord-烤鱼
plah tu-金枪鱼
polaris-瓶装饮用水
priao wan-糖醋
prik ki nu-红番椒
prik shi fa-小辣椒
prik tai-胡椒

R

raprathan-吃
roohn-烫

S

sapparot-凤梨
sen guetiö-米粉
sie juh-酱油
som-橙子

T

takrei-柠檬草
tao hu-豆腐
teang mo-西瓜
toa li song-花生
toa ngog-豆芽
tom-熟食
tom ka gai-椰子咖喱鸡汤
tom khlong-罗望子果和洋葱烩咸鱼
tom yam gung-海虾汤
tom hom-春季洋葱
tord-烤
tschah-茶
tschah lorn-热红茶
tschah yen-冰茶
tuna-金枪鱼

Y

yam nüah-甜辣牛肉沙拉
yang-放在烤架上烤
yen-冷/冰

出行实用信息

到达

坐飞机

很多航空公司都有航班定期飞往普吉岛国际机场，有些是直接到达，有些要途经曼谷、吉隆坡或是新加坡。直航的飞机一般都是有持特许证的航空公司提供的。即使这样也没有哪条航线能有少于10个小时的飞行时间。尤其是在假期的时候，经常会出现一票难求的情况，多以提前订票尤为重要。

随着旅游旺季的到来，机票也会随之涨价，票价在550欧元到950欧元之间。机票价格实惠的航班往往服务较差，或是中途会停靠很多站。

在预定航班时你也要注意，最好在下午或是晚上起飞，那么在途中你比较容易睡觉。飞机上的时间过得很快，转天上午睡醒就到普吉岛了。这样的话，一到这儿就可以立刻开始你的旅行活动了。如果你的第一站设在曼谷，也同样适用。总之，对于这样的长途飞行，人们最好能在下午之前到达普吉岛，赶在太阳落山之前找到投宿的旅店。

在www.atmosfair.de和www.myclimate.org两个网站上你还可以为自己坐飞机所产生的二氧化碳排放量承担部分责任，向气候保护项目捐款。

从机场去市里或去度假海滩

最简单的是你已经预订好了下榻的酒店。如果你是随旅行团来的，那么负责人会组织你去酒店，如果你是自助游的话，那么你也可以让你预定的酒店派人来接你。估计根据距离长短不同，单次接送不超过600泰铢。

出租车在这里遵循的是一种票证系统，也就是乘客在营业厅的中心窗口缴费，然后就能被分到一辆出租车，之后根据路程收费，价格至少在400泰铢以上。假如你有足够的耐心，也可以等定期开往普吉镇的公共汽车（120泰铢）。

到泰国其他地区旅行

如果在小岛逗留期间，你还想去看看曼谷或是泰国的其他地方，那么你可以选择有很多国内航线的Thai Airways也可以去乘坐公共交通（汽车）。比Thai Airways价格优惠的是地方航空公司，如Phuket Air，还有拥有很多最新亚洲超值航线的，如Air Asia。这家航空公司在网上提供几个合适的航班，但要及时抢购，要不就没有座位了。（但这些航班上几乎没有飞机服务，基本上就像预订了一个影院的座位。）到曼谷的公交车要忍受大约12个小时的车程，普通的公交车花费380泰铢，a/c-公交车（有空调装置的）花费560～720泰铢，VIP大巴（更好的装备）需要1200泰铢。普吉岛上其余地区都是靠船往来的。很经典的旅行方式就是从新加坡出发乘（豪华）游船旅行。

咨询处

在普吉岛

73-75 Phuket Rd., Phuket Town 83000；☎ 0 76/21 10 36；www.tourismthailand.org

在中国

泰国旅游局在北京有办事机构。

北京市东城区长安街1号东方广场E1办公室9层2室；☎ 010-8518-3526

残障人士

几乎在所有的国家身体有缺陷的人们都无法真正参与到公共生活中来，这点在泰国也不例外。很高的人行道道沿，没有或是现有的坡道严重破损，很少地方提供残障人士可以使用的直升电梯，过于狭窄的通道门（更别提能供残障人士使用的卫生设施），出租车的后备箱的空间太小，还有无法逾越的公交台阶。这所有的一切都使得一个需要坐轮椅的旅行者举步维艰。倘若真的尝试这样的旅行，一方面需要一个人一直陪伴在身边帮忙，另一方面一路上肯定也会得到很多好心的泰国人的真诚帮助。

推荐书目

克劳迪娅和埃贝哈德·霍曼（Klaudia und Eberhard Homann）：

《亚洲旅行手册》（Reiseknigge Asien）（Koval出版，1999） 如果谁想了解更多关于泰国而不仅仅把这个陌生但友好的国度当成一个度假胜地，那么读这本书再合适不过了。你能在这里更好地体验当地风俗，还可以学会如何避开当地人的禁忌。这本书是那些还想去附近其他国家旅行的人们的一本理想读物（比如乘豪华游船旅行）。因为除了泰国，书中还介绍了印度尼西亚、马来西亚、新加坡和缅甸。

克劳斯·贝克（Klaus Becker）：

《在温暖的海洋中潜水》和《探秘水下残骸》（Tauchen in warmen Gewässern und Wracktauchen weltweit）（两本都是 Reise Know-How出版，2002） 这套实用手册系列中的这两卷特别适合潜水者，可以起到很好的指引作用。

雷托·库斯特（Reto Kuster）：

《什么在热带爬行》（Was kriecht und krabbelt in den Tropen）（Reise Know-How出版，2003）

热带旅行总是充满魅力的，但为了确保你的旅行只是有惊而无险的话，你就需要认识那些你天天都会遇到的四条腿的各种东西，知道它们可能会给你带来什么样的危险。这本实用手册可以在这方面帮助你。

外交机构

中国驻泰国大使馆

57 Rachadapisake Road, Huaykwang, Bangkok 10310, Thailand；☎ 0066-2-2457044；☎ 0066-2-2468247；www.chinaembassy.or.th，th.china-embassy.org，th.chineseembassy.org

驻宋卡总领事馆（泰国）

🏠 No.9, Sadao road, Ampur muang,Songkhla；☎ 办公室：322034，经商室：326794，领侨组：325045

驻清迈总领事馆（泰国）

🏠 泰国清迈昌罗路111号（No.111,Changlo road, Chiangmai 50000, Thailand）；☎（6653）276125
chiangmai.chineseconsulate.org，chiangmai.china-consulate.org。

节假日

1月1日	新年
1月底/2月初	中国的春节
4月中旬	泼水节（Songkran，泰国的新年）
5月1日	劳动节
5月5日	国王加冕日
8月12日	王后生日
12月5日	国王生日
12月10日	宪法日
12月31日	除夕

如果以上的节假日出现在周末，那么假期就顺延到接下来的那个周一。

出入境

在到达泰国之前每位游客都要填写一张入境卡（Arrival Card），在飞机着陆前每人都会被分发到一张这样的卡，在入境护照检查时这张卡会被收回。请在“在泰国的联系地址”一栏处写下你入住的第一家酒店的名字和地址。在护照入境检查之后，你会收到一张出境卡（Departure Card），请小心保管这张卡片，最好和你的旅游护照放在一起，你需要在离境前填好并于出境检查时上交回去。

裸体主义

裸体沐浴在这里是被明令禁止的。在度假海滩还可以光着上半身晒日光浴，其实这原本也是不允许的。

货币（以当时汇率为准）

10泰铢	0.24欧元/2.15元人民币
1欧元	40.08泰铢
1元人民币	4.67泰铢

泰国的货币是泰铢（Baht）。在流通的纸币中面值有10、20、50、100和500泰铢，硬币的面值有1、2、5和10泰铢。1泰铢等于100萨当（Satang）（硬币中的萨当面值有10、25和50）。在银行和兑换所（authorised money changer），一般情况下都可以换到现金或是旅行支票，只要你出示旅游护照即可。

几乎所有的商品和服务在这里都可以用常见的信用卡支付（Amex、DC、Master或是Visa）。就连酒吧里用信用卡埋单也很常见。

接种疫苗

虽然接种疫苗不是一种硬性规定，但这是预防感染疟疾的最好方法。位于曼谷的WHO（世界卫生组织）办公室指出在普吉岛感染疟疾的风险很低，一家当地酒店的经理说："我们这里没有疟疾和登革热，而且即便真有的话，我们的酒店中就有诊所。"对抗A型肝炎的免疫疫苗还是值得推荐的，因为这种病比较容易传染，比如在吃饭的时候。

互联网

小岛当地报纸的网络版《普吉岛日报》（"Phuket Gazette"）。

《伟大的普吉岛杂志》（Greater Phuket Magazine）展示很美妙的小岛风景照，给小岛做了最好的广告。

这家小型但却权威的全泰国的行业领导者一直在不断更新信息，每年出版多次。除了合集作品中出现过普吉岛，还专门为普吉岛出版了一部特刊。

如果谁想了解小岛和周边地区的自然景观，就一定要来阅读这里有关旅游方面的信息。

服装

轻便舒服的夏日服装在这里最合适不过了。即使在小岛上最好的酒店里也没有所谓的着装要求（"dress code"）。优雅的晚礼服只属于箱子，除非遇到十分正式的邀请或是要到政府机关办事时才有可能穿到。值得注意的是泳衣也只能在泳池或是沙滩上穿，尤其不能穿着这样暴露的衣服去参观寺庙，否则就是大不敬。

医药供给

医疗保险

请确保你的保险包含了医疗保险和旅游保险，行李遗失和金钱损失等最后也包括在内。一切消费凭证保存好，如果遇到扒手或抢劫要及时向旅游警察报告，切记索要有签名的报告单，以便向保险公司索赔。签订一份国外旅游疾病保险也是是十分必要的。

医院

医院可以在芭东或是普吉镇找到。

药店

药店的营业时间一般是8:00～20:00之间。

紧急呼叫

警察	191
火警	199
救护站	1669

附加费用（以当时汇率为准）

1杯咖啡	4.18元人民币
1杯啤酒	13.02元人民币起
1杯可乐	6.04元人民币起
1份米饭加菜	5.58元人民币
1盒烟	13.95元人民币
1升汽油	5.11元人民币
租车/每天	232.45元人民币起

邮局

泰国的邮箱是红色的，在所有的邮局或是直接在卖明信片的地方都可以买到邮票。

旅游方面的文件

游客必须持有有效期在6个月以上的护照，孩子也需要一本儿童旅游护照，护照有限企业必须在6个月以上。

游客如果想在境内停留时间超过30天，需要事先从领事馆或是大使馆拿到签证。这样的话，签证上签署的停留时间还可以延长一次，时间为30天。其他具备条件的游客可能可以得到更长停留时间的签证。

旅游须知

每位来泰国旅行的游客一到这就能被分辨出来，毕竟外表上就很不一样，但真正是什么样子还需要观察和接触后才能了解。每个国家的人都有细微区别不仅长的很不一样，文化上也有很大的差异。泰国人其实不太喜欢吵闹的长鼻子的西方人，因为他们自己是内敛害羞的人。有时在旅游胜地经常会出现一种假象，好像吵闹也挺好的，其实这只是一个例外。

在这里处事的首要原则是要表现得很礼貌很友好，即使别人做错了或是不公平的对待你，你依然要表现得很礼貌，这不仅仅可以使自己保住面子也是在给对方留面子。游客在这里除了要有良好的举止外，还要穿着得体。泳装和深色的太阳镜都是不恭敬的，甚至能被认为是一种侮辱。

人们一般都是用一个亲切的微笑来互相打招呼的，更私人化一些的是一个很轻的握手。你最好不要尝试用“Wai”打招呼，因为很少的游客能将手举到正确的位置。脚在泰国被认为是不洁净的。所以千万不要在别人面前展示你的脚，更不要用脚指着印有国王或是王后图片的地方。如果说贬低这些尊贵的人的坏话，会被人认为是大不敬，还要受到惩罚。

当进入私人住宅或是寺庙的时候，要脱掉鞋子。在寺庙或是日常生活中遇到的僧侣是绝对不能触碰的，尤其对于女人来说这是一个禁忌！但是僧侣很喜欢和西方人交谈，验证了那句话：我想练习我的英

平均值	1月	2月	3月	4月	5月	6月	7月	8月	9月	10月	11月	12月
白天温度	32	33	33	33	32	31	31	31	30	31	31	31
夜间温度	23	24	24	25	25	24	24	24	24	24	24	24
日照时间	9	9	9	9	8	6	7	6	6	7	8	8
月降水天数	4	3	5	11	21	19	19	20	22	22	16	8
水温	27	28	28	29	29	29	29	29	29	28	27	27

语。如果刚好你也很健谈的话，那么你们正好合适。

抱怨政府或是社会现状的情况在泰国是很少出现的因此，游客最好不要评论他国的政治、经济以及社会现状等。

要记住的是“头”在泰国也是一个禁忌。因为人们认为那里住着人的灵魂，而灵魂是不允许触碰的，就连摸孩子的头也不行。更多提示请参见《亚洲旅行手册》（推荐书目，▶P.105）。

旅游天气

普吉岛的热带气候是由东南亚季风决定的。这里常年温暖潮湿。在5月到9月之间西南季风能带来比东北季风统治的11月到4月更多的降雨。8月尤其多雨，大多数时候降雨会持续几个小时。在这段时间游泳要特别小心，因为季风会带来可怕的海底暗流。在三月的最高气温能达到33℃。你的旅行计划不要完全依据天气而定，最好是根据客流量而定：在11月到复活节期间，小岛到处都是人满为患，但在接下来的“雨季”里就会有很多空间供你闲情逸致了。

电流

电压是220伏，电器需要使用插头适配器。

电话

预拨

中国▶泰国00 66 76

泰国▶中国00 86

用国际投币公用电话机或是酒店里的电话都可以打长途。只有在邮局需要提前登记。在公共投币电话亭和对方通话结束后，需要按键将没用完的钱退回。本地通话大约2泰铢每分钟，跨洋电话是大约60泰铢每分钟。如果你的手机符合GSM（全球移动通讯系统）标准的话，1998年以来都可以在泰国使用了。但在有些山区或是攀牙湾等地还是信号不好，可能接收不到。

小费

在酒店会是餐厅里一般要给账单10%的服务费，坐出租车的话一般不给小费。

交通

汽车

在泰国式靠左行驶的，路标都是我们熟悉的符号，不过是用泰文书写的。一张好的街道地图是十分必要的。一位在普吉岛生活的酒店经理这样形容人们开车：他们开得就好像在行李箱里还有一条备用命一样。这里的事故数据正好验证了这一点：几乎每天这里都有人死于交通事故。

要系安全带，不能饮酒驾车，这些仅靠自觉是不行的，还需要有严厉的法律来约束人们的行为。安全带可以保护自身安全，但很少有人去关注它。人们都是靠喇叭警示其他人：我的车开来了，给我让路！值得注意的是：只有公交车会随身携带一个警示三角的标志。如果其他汽车在路上抛锚，就直接在街上立一个树杈，当然这样做有时也会有危险。

加油

在所有通往城外的公路干线上或是大型海滩区内都或多或少地有现代加油站，当你到加油站加油时你可以不用说加多少升油，而是直接说明要加多少钱的油，一升汽油现在的价格大约是12.50泰铢。在内陆地区还可以经常看到手动抽油机，用泵将油从桶中抽出，但是在普吉岛已经很难找到这样的装置了。

租车

如果你不想再待在海滩上，同时又不想将时间浪费在等公共交通上，那么就可以自己租一辆汽车。平坦的大街，愉快的心情——足以证明这个决定很明智。你需要准备的仅仅是一张国际驾照，建议你再拿一张信用卡，用来支付高额的押金。汽车要上赔偿保险，还要有一个附加的碰撞险（CDW——collision damage waiver）来限制司机责任。

除了能提供优质服务的国际代理处，当然他们的价格也很贵（在德国提前预订能节省多达30%的费用），几乎每处海滩也都有当地的代理处，不过他们的可信度不高，有时不能满足欧洲人的较高要求。还可以通过酒店租车，不过费用要比平常的贵一些。

国家汽车租赁
National Car Rental

▶ P.114，B3

☎ 0 76/32 83 88（机场对面）；
www.nationalcarrental.co.th

Hertz

▶ P.114，B3

☎ 09 90 99 66 99（在机场）；
www.phuket.com/hertz

Pure Car Rent

▶ 封三，b/c3

可信的服务（例如酒店接送）还有绝对合适的价格（约700泰铢/天起）。

75 Rasada Rd.，Phuket Town；
☎ 0 76/20 51 91；www.Phuketcarrent.com

Phuket Car Rent & Travel Co.

▶ P.114，C3

该租车处的车好，收费也合理。

23/3 Moo 1，Sakhu；☎ 0 76/20 51 91；www.phuketcarrent.com

摩托车

摩托车比汽车的价格更实惠，一般大部分地方供应80到100ccm等级的（大约150泰铢/天），有时也有125ccm的摩托或是更大的（大约300泰铢/天）又或者可以租规格在250ccm以上的“大自行车”（“big bike”），价格高达800泰铢每天。鉴于路面交通的复杂情况，没有骑摩托车经验的新手最好不要开车上路。

公共交通工具

从普吉镇的交通枢纽几乎可以去任何一处已经开发了的海滩。在泰国有一种车就像个可以移动的大支架，叫载客汽车。这是一种经过改装的载重卡车，上面设有座椅。根据路程远近不同，价格在15～40泰铢。这种车一般都会穿过普吉镇。

出租车和嘟嘟车

在普吉镇和芭东一般都有嘟嘟车服务。价格要在你上车之前和司机谈好，根据路程远近不同，价格会从50～800泰铢不等。这样的价格对于出租车也适用。这里有很多车其实都是私家车，一般在机场和海滩之间往返拉客。如果在机场的大厅窗口定制出租车服务，那么价格就是统一的。

报纸

很好的英语报纸有“The Nation”和《曼谷邮报》（“Bangkok Post”）。你也可以从《国际先驱论坛报》（“International Herald Tribune”）获知最新的国际事件。最新资讯还可以通过每月出版的《伟大的普吉岛杂志》获悉，在酒店就可以读到这本杂志。同样每月出版的“Phuket Gazette”信息量也很丰富，此外，这里还有德语版的普吉岛时事（“Phuket aktuell”）。

时差

泰国整年都适用同一个时间，即印度支那（半岛）时间。

泰国使用24小时的时钟，比中国晚1小时。

关税

根据泰国有关官方规定，允许携带入境免税品数量为1千克的甜酒或烈酒、50支雪茄、250克烟丝或200支香烟，以及5卷胶卷或3卷电影胶片，动植物不准携带入境。旅客可从免税商店购买1公斤酒、200支烟以及一架照相机、一架摄影机和个人佩戴的珠宝装饰品等出境。

最新公告以泰国官方公告为准。泰国曼谷机场海关的相关咨询电话：0066-2-5351269, 5351569, 5351153或5355044。

健康卫生

泰国的卫生水平较高，曼谷、清迈等城市的医疗设施都很先进，医疗水平也达到一定的高度。因此，游客不必担心医疗水平方面的问题。

游客可以从国内带处方，否则需要提前预约医生以便开处方。只是在某些地区，霍乱比较常见，例如，在缅甸和柬埔寨等地。因此，对于游客来说，霍乱药品不是必要的。

另外，常见的疾病是腹泻、中暑，为避免这些情况发生，请注意不要生吃没洗干净的蔬果，尽量削皮吃。为了适应当地的温度和湿度，游玩时要量力而行，不要太过劳累，以免免疫力低下。泰国气候炎热，一定记得大量饮水，防晒工作也不容忽视。

当地风俗

泰国人喜欢安静，当众拥抱亲吻，甚至发怒、大声喧哗等都会引起路人侧目。但在称呼上不拘小节，不一定要称呼全名。

营业时间

泰国大部分的营业场所与中国的营业时间没多大差别，相对政府办事机构时间则不是那么确定（以下机构的营业时间以当地最新标示为准）。

泰国的银行大多是周一～周五的8:30～15:30营业，有些银行周六上午也营业。

国家博物馆是周三～周日的8:00～12:00，13:00～16:30开放，其他时间关闭。

政府机构的办公时间基本上是周一～周五的8:30～12:00，13:00～16:30。平常节假日关闭。旅游办公室则比较特殊，办公时间为的8:30～16:30，节假日除外。

普吉岛重要景点间的距离（单位：千米）

	Ao Po	邦道	卡马拉	攀瓦角	芭东	攀牙湾	普吉镇	拉威	萨拉辛桥	Thai Muang
Ao Po	-	23	26	35	36	88	25	40	28	51
邦道	23	-	3.5	31.5	13.5	92.5	21.5	35.5	42.5	65.5
卡马拉	26	3.5	-	33	9	96	24	39	46	79
攀瓦角	35	31.5	33	-	24	104	10	18	54	77
芭东	36	13.5	9	24	-	105	14	20	55	78
攀牙湾	88	92.5	96	104	105	-	94	103	50	55
普吉镇	25	21.5	24	10	14	94	-	15	44	67
拉威	40	35.5	39	18	20	103	15	-	53	76
萨拉辛桥	28	42.5	46	54	55	50	44	43	-	23
Thai Muang	51	62.5	79	77	78	55	67	76	23	-

普吉岛地图

比例尺 1: 17500

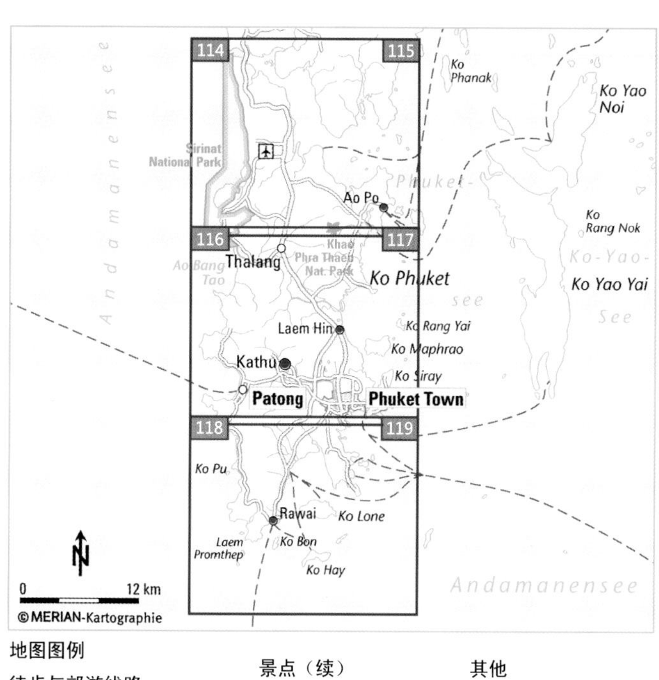

地图图例

徒步与郊游线路

- 不为人知的普吉岛（▶P.88）开始：（▶P.116，B8）
- 攀牙湾（▶P.90）
- 皮皮岛（▶P.91）

景点

- MERIAN 十大必看精华景点
- MERIAN小贴士
- 名胜；公共建筑物
- 文化景点
- 自然景点
- 教堂
- 清真寺
- 庙宇
- 佛教庙宇
- 博物馆

景点（续）

- 纪念碑
- 灯塔
- 洞穴

交通

- 高速公路
- 快速路
- 长途公路
- 主要街道
- 普通公路
- 未铺设的道路
- 步行区
- 汽车站
- 机场

其他

- 信息咨询处
- 市场
- 高尔夫
- 沙滩
- 观景处
- 穆斯林墓地
- 国家公园边界
- 国家公园

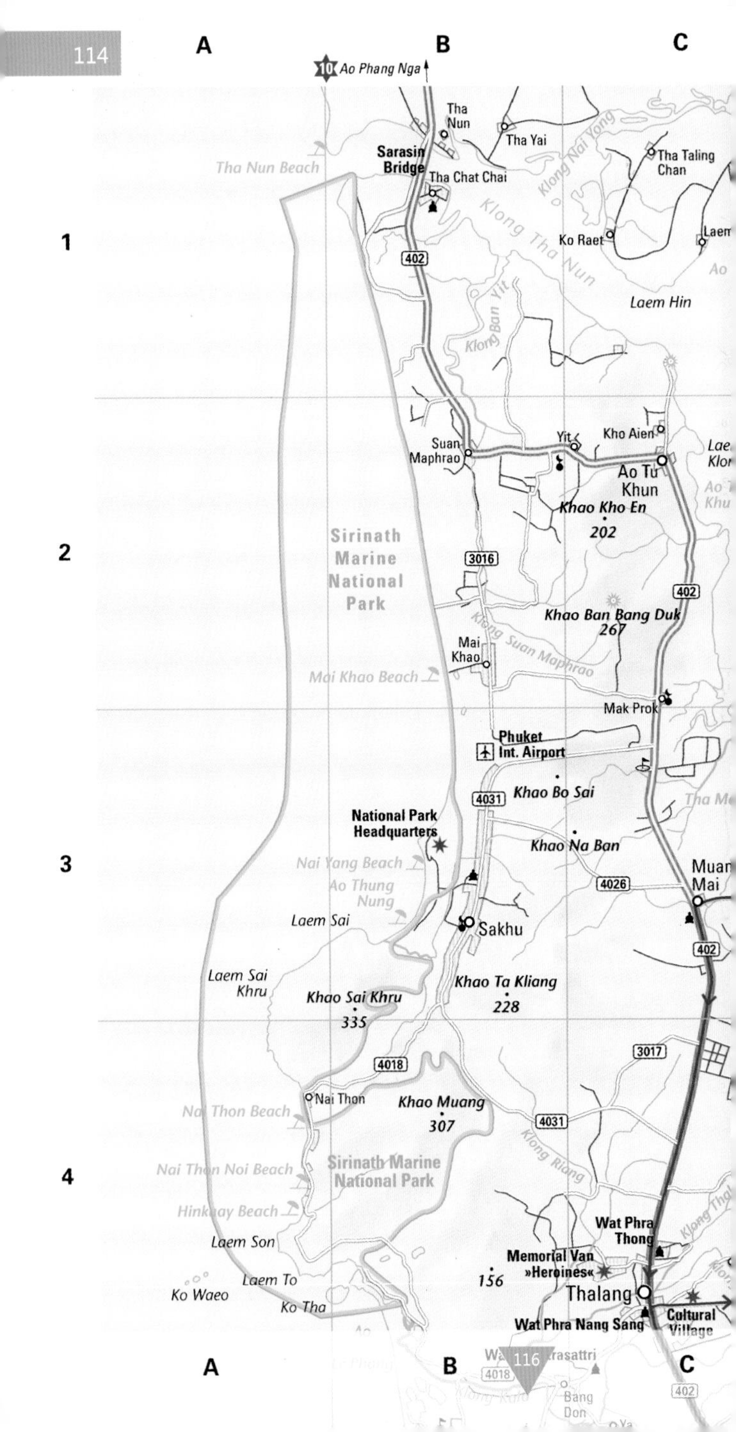
A
B
C
Ao Phang Nga
Tha Nun
Tha Yai
Sarasin Bridge
Tha Chat Chai
Tha Nun Beach
Klong Nai Yong
Tha Taling Chan
Klong Tha Nun
Ko Raet
Laem
402
Laem Hin
Klong Ban Yit
Suan Maphrao
Yit
Kho Aien
Ao Tu Khun
Khao Kho En
202
Sirinath Marine National Park
3016
402
Khao Ban Bang Duk
267
Klong Suan Maphrao
Mai Khao
Mai Khao Beach
Mak Prok
Phuket Int. Airport
4031
Khao Bo Sai
National Park Headquarters
Khao Na Ban
Nai Yang Beach
Ao Thung Nung
4026
Muan Mai
Laem Sai
Sakhu
402
Laem Sai Khru
Khao Ta Kliang
228
Khao Sai Khru
335
3017
4018
Nai Thon
Khao Muang
307
Nai Thon Beach
4031
Klong Riang
Nai Thon Noi Beach
Sirinath Marine National Park
Hinkhay Beach
Wat Phra Thong
Laem Son
Memorial Van »Heroines«
156
Laem To
Ko Waeo
Ko Tha
Thalang
Wat Phra Nang Sang
Cultural Village
A
B
C
4018
Bang Don
402
1
2
3
4

116

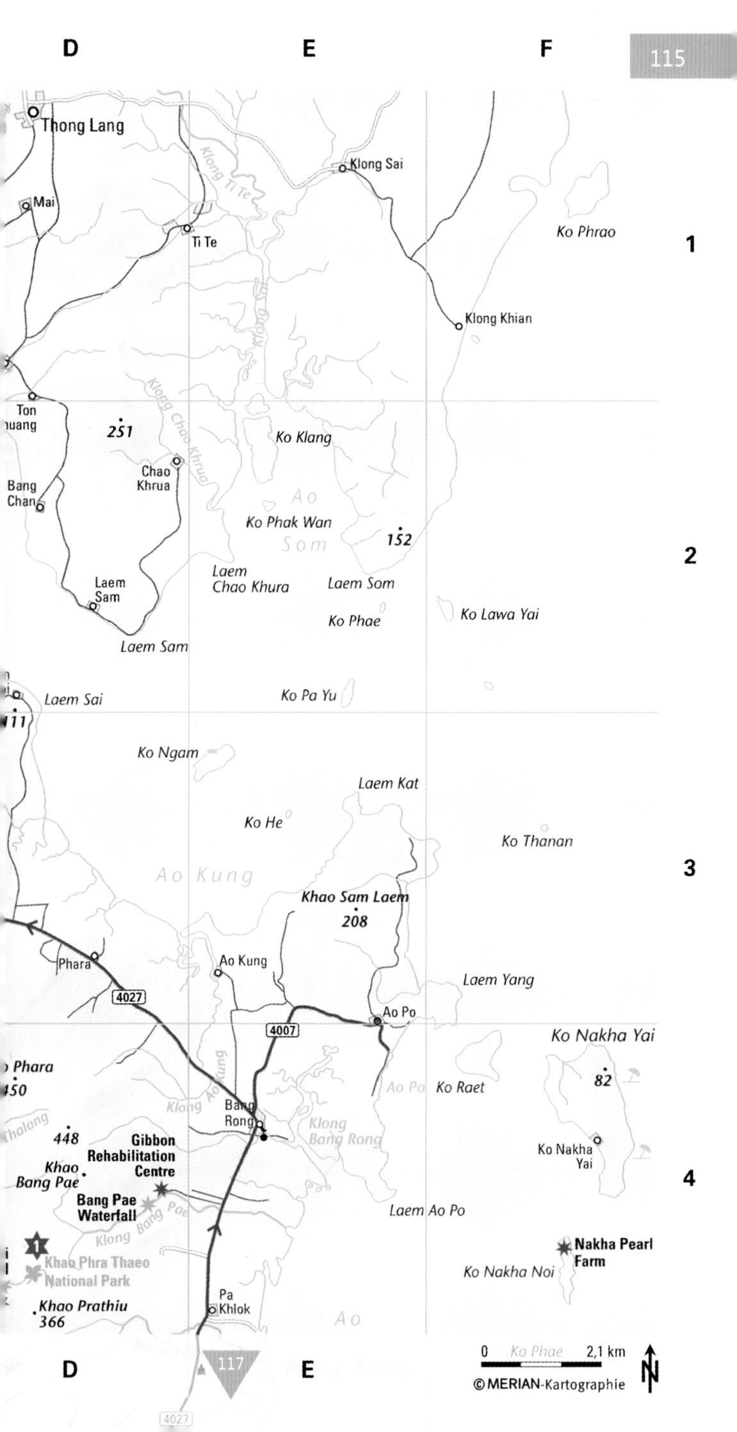
D
E
F
Thong Lang
Klong Sai
Klong Ti Te
Mai
Ti Te
Ko Phrao
1
Klong Khian
Ton
Bang Chan
251
Chao Khrua
Klong Chao Khrua
Ko Klang
Ao Som
Ko Phak Wan
152
2
Laem Sam
Laem Chao Khura
Laem Som
Ko Phae
Ko Lawa Yai
Laem Sam
Laem Sai
Ko Pa Yu
Ko Ngam
Laem Kat
Ko He
Ko Thanan
Ao Kung
3
Khao Sam Laem
208
Phara
Ao Kung
Laem Yang
4027
Ao Po
4007
Ko Nakha Yai
Phara
82
Ao Po
Ko Raet
Klong Ao Kung
Bang Rong
Klong Bang Rong
448
Gibbon Rehabilitation Centre
Ko Nakha Yai
4
Khao Bang Pae
Bang Pae Waterfall
Klong Bang Pae
Laem Ao Po
Khao Phra Thaeo National Park
Nakha Pearl Farm
Ko Nakha Noi
Khao Prathiu
366
Pa Khlok
Ao
0 Ko Phae 2,1 km
© MERIAN-Kartographie
N
117

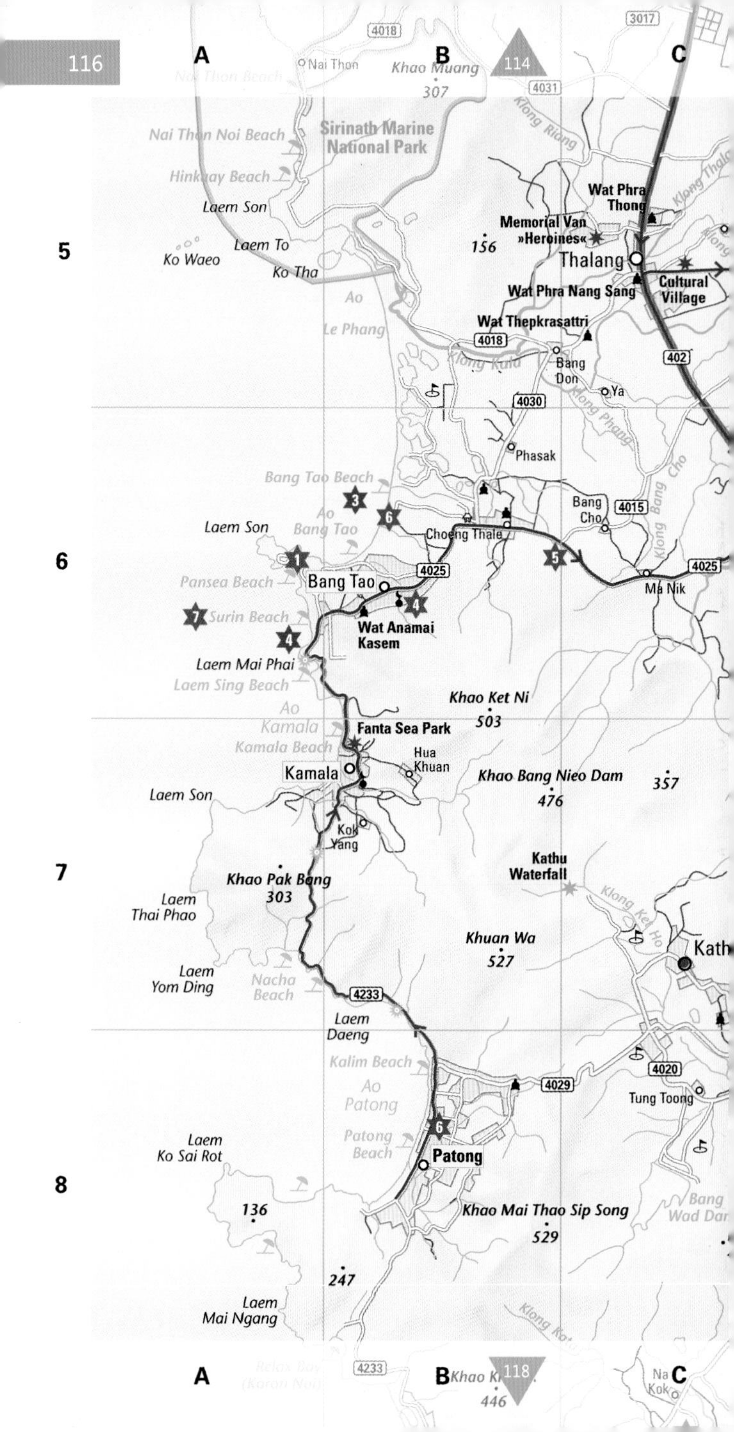
A
B
C
114
Nai Thon
Khao Muang
307
Sirinath Marine
National Park
Klong Riang
Nai Thon Noi Beach
Hinkuay Beach
Laem Son
Laem To
Ko Waeo
Ko Tha
Wat Phra
Thong
Memorial Van
»Heroines«
156
Thalang
Wat Phra Nang Sang
Cultural
Village
Ao
Le Phang
Wat Thepkrasattri
Klong Kala
Bang
Don
Ya
Klong Phang
Phasak
Bang Tao Beach
Ao
Bang Tao
Laem Son
Choeng Thale
Bang
Cho
Klong Bang Cho
Ma Nik
Pansea Beach
Bang Tao
Surin Beach
Wat Anamai
Kasem
Laem Mai Phai
Laem Sing Beach
Khao Ket Ni
503
Ao
Kamala
Kamala Beach
Fanta Sea Park
Hua
Khuan
Kamala
Khao Bang Nieo Dam
476
357
Laem Son
Kok
Yang
Kathu
Waterfall
Khao Pak Bang
303
Laem
Thai Phao
Klong Ket Ho
Khuan Wa
527
Laem
Yom Ding
Nacha
Beach
Laem
Daeng
Kalim Beach
Ao
Patong
Tung Toong
Laem
Ko Sai Rot
Patong
Beach
Patong
Khao Mai Thao Sip Song
529
Bang
136
247
Laem
Mai Ngang
Klong Katu
118
Khao K
446
5
6
7
8
4018
4031
3017
402
4030
4015
4025
4233
4029
4020

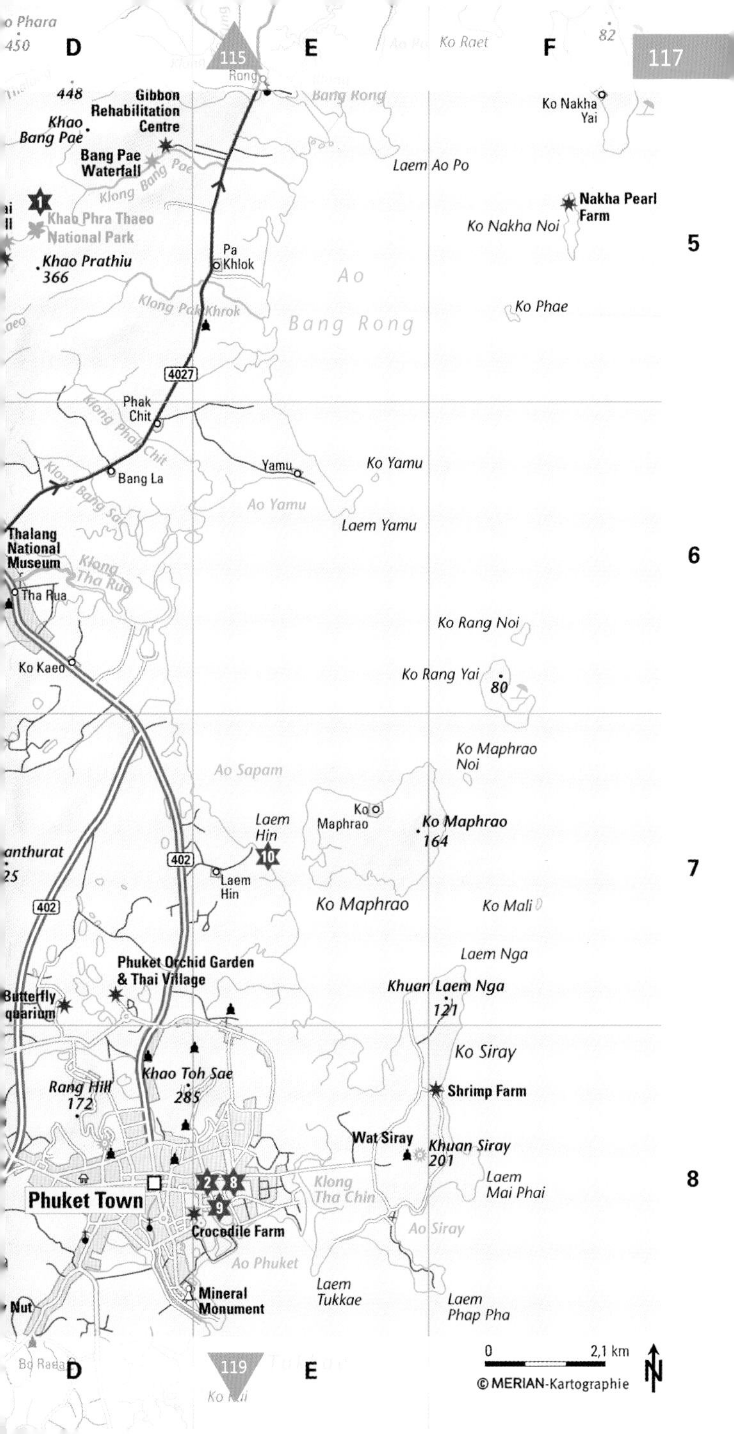
D
E
F
115
119
5
6
7
8
Gibbon Rehabilitation Centre
Khao Bang Pae
Bang Pae Waterfall
Klong Bang Pae
Khao Phra Thaeo National Park
Khao Prathiu 366
Pa Khlok
Klong Pak Khrok
Ao Bang Rong
Bang Rong
Laem Ao Po
Ko Nakha Yai
Nakha Pearl Farm
Ko Nakha Noi
Ko Phae
Ko Raet
4027
Phak Chit
Klong Phak Chit
Bang La
Klong Bang Sai
Yamu
Ko Yamu
Ao Yamu
Laem Yamu
Thalang National Museum
Klong Tha Rua
Tha Rua
Ko Kaeo
Ko Rang Noi
Ko Rang Yai 80
Ko Maphrao Noi
Ao Sapam
Ko Maphrao
Ko Maphrao 164
Laem Hin
402
Ko Mali
Laem Nga
Khuan Laem Nga 121
Phuket Orchid Garden & Thai Village
Butterfly quarium
Ko Siray
Shrimp Farm
Khao Toh Sae 285
Rang Hill 172
Wat Siray
Khuan Siray 201
Laem Mai Phai
Klong Tha Chin
Ao Siray
Phuket Town
Crocodile Farm
Ao Phuket
Laem Tukkae
Laem Phap Pha
Mineral Monument
0
2,1 km
© MERIAN-Kartographie

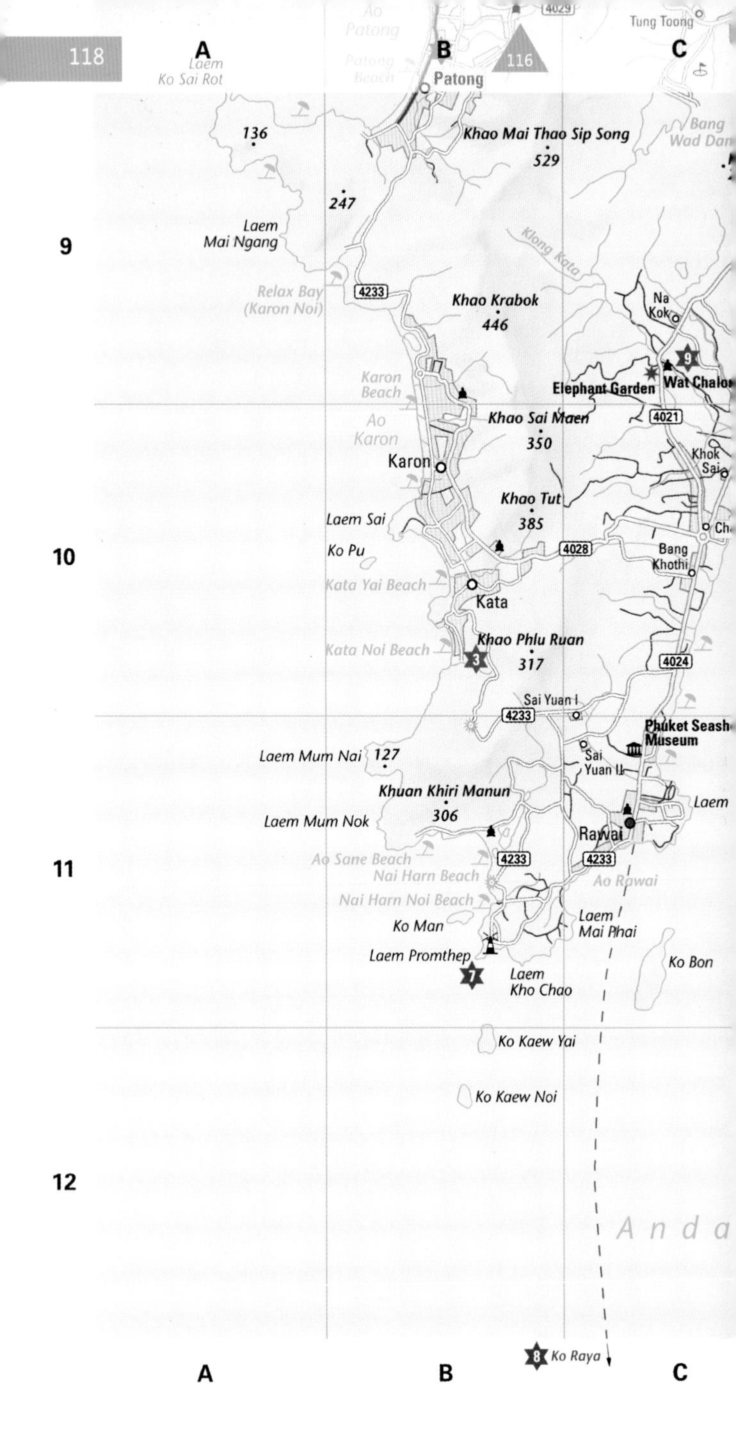

A
B
C
Ao Patong
Tung Toong
116
Laem Ko Sai Rot
Patong Beach
Patong
4029
136
Khao Mai Thao Sip Song
529
Bang Wad Dan
247
9
Laem Mai Ngang
Klong Kata
Relax Bay (Karon Noi)
4233
Khao Krabok
446
Na Kok
Karon Beach
Elephant Garden
Wat Chalo
Khao Sai Maen
4021
Ao Karon
350
Karon
Khok Sai
Khao Tut
385
Laem Sai
10
Ko Pu
4028
Bang Khothi
Kata Yai Beach
Kata
Khao Phlu Ruan
Kata Noi Beach
317
4024
Sai Yuan I
4233
Phuket Seash
Museum
Laem Mum Nai
127
Sai Yuan II
Khuan Khiri Manun
306
Laem
Laem Mum Nok
Rawai
Ao Sane Beach
4233
4233
11
Nai Harn Beach
Ao Rawai
Nai Harn Noi Beach
Ko Man
Laem Mai Phai
Laem Promthep
Ko Bon
Laem Kho Chao
Ko Kaew Yai
Ko Kaew Noi
12
A n d a
Ko Raya
A
B
C

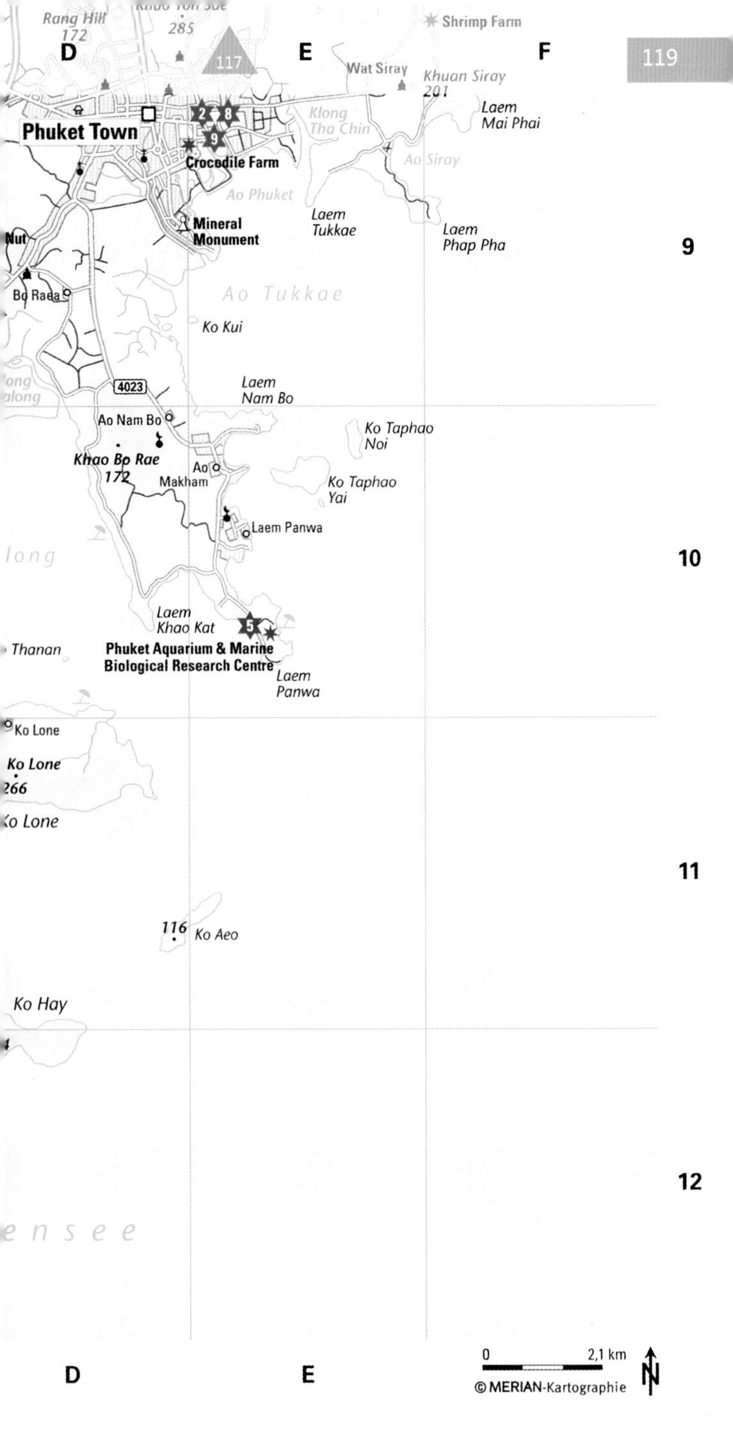

Rang Hill
172
285
Shrimp Farm
D
117
E
F
Wat Siray
Khuan Siray
201
Laem
Mai Phai
Phuket Town
2
8
9
Klong
Tha Chin
Crocodile Farm
Ao Siray
Ao Phuket
Laem
Tukkae
Mineral
Monument
Laem
Phap Pha
9
Bo Raea
Ao Tukkae
Ko Kui
4023
Laem
Nam Bo
Ao Nam Bo
Ko Taphao
Noi
Khao Bo Rae
172
Ao
Makham
Ko Taphao
Yai
Laem Panwa
10
Laem
Khao Kat
5
Thanan
Phuket Aquarium & Marine
Biological Research Centre
Laem
Panwa
Ko Lone
Ko Lone
266
11
116
Ko Aeo
Ko Hay
12
D
E
0
2,1 km
N

图字：01-2011-2892 号

图书在版编目（CIP）数据

普吉岛 /（德）霍曼（Homann,K.）著；孙妍译.
—北京：龙门书局，2011.6
（梅里安旅行指南）
ISBN 978-7-5088-3107-7

Ⅰ. ①普… Ⅱ. ①霍… ②孙… Ⅲ. ①旅游指南—泰国 Ⅳ. ①K933.69

中国版本图书馆 CIP 数据核字（2011）第 111923 号

责任编辑：蔡荣海 穆莉 / 责任校对：杨慧芳
责任印刷：新世纪书局 / 封面设计：张竞 彭彭

龍門書局 出版
北京东黄城根北街 16 号
邮政编码：100717
http://www.sciencep.com

中国科学出版集团新世纪书局策划
北京天颖印刷有限公司印刷
中国科学出版集团新世纪书局发行 各地新华书店经销
*
2011 年 7 月第一版 2011 年 7 月第一次印刷
开本：32 开 印张：3.75
字数：65 000

定价：29.80 元

（如有印装质量问题，我社负责调换）